Impressum:

Alle Personen und Handlungen des Buches sind frei erfunden.
Ähnlichkeiten mit lebenden oder verstorbenen Personen sind
zufällig und nicht beabsichtigt.

Besuchen Sie uns im Internet:
www.papierfresserchen.de

Herausgegeben von Martina Meier – www.cat-creativ.at

in Auftrag von
© 2024 – Papierfresserchens MTM-Verlag
Mühlstraße 10, 88085 Langenargen

info@papierfresserchen.de
Alle Rechte vorbehalten.
Erstauflage 2022

Das Werk einschließlich aller seiner Teile ist urheberrechtlich geschützt. Wir weisen darauf hin, dass das Werk einschließlich aller seiner Teile urheberrechtlich geschützt ist. Jede Verwertung ist ohne Zustimmung des Verlages unzulässig. Dies gilt insbesondere für die elektronische oder sonstige Vervielfältigung, Übersetzung, Verbreitung und öffentliche Zugänglichmachung.

Herstellung: CAT Creativ – www.cat-creativ.at
Titelbild: nach einer Vorlage von © ChaoticDesignStudio
Adobe Stock lizenziert

Bei allen anderen Bilder und Illustrationen - © bei den jeweiligen
Autorinnen und Autoren.

Druck: Bookpress, Polen
Gedruckt in der EU

ISBN: 978-3-99051-239-5 - Taschenbuch
ISBN: 978-3-99051-240-1 - E-Book

Martina Meier (Hrsg.)

Auf den Kern gebracht

Die Birnen-Anthologie

Auf den Kern gebracht - Die Reihe

In der Reihe „Auf den Kern gebracht" sind bislang drei Bände erschienen, weitere sind in Planung. Diese und weitere Ausschreibungen finden Sie unter www.papierfresserchen.de.

... und demnächst in dieser Reihe

Auf den Kern gebracht – Die Kirsch Anthologie

Einsendeschluss 1. Juni 2025

Inhalt

Die edelste Birne	9
Birnenduftkuchen	12
Der Tröster	18
Das Versteck	19
Birnen im Sonnenschein	23
Birnchen sucht seine Mutter	25
Köstlich	27
Das Birnenbäumlein	28
Schneewittchen und die verzauberte Birne	29
Made Josef	34
Birnentraum	35
Das Geheimnis der goldenen Birnen	37
Die Zufallsbirne	41
Birnenkuchen	43
Baum mit heilsamen Energien	47
Blühender Birnbaum	48
Echt was in der Birne	49
Ode an den Birnbaum	52
Prolog	54
Sofies Birnbaum	55
Lebensabend	58

Neun neue Birnen	60
Der kleine Birnenwickler	62
Der Birnenbaum in unserem Garten	64
Die Birnenmade	65
Ein Birnbaum – mitten in der Stadt	66
Die Erleuchtung	67
Taschen voller wilder Bäume	71
Der Herbstwind und seine Zauberbirnen	72
Unbeliebt	74
Der Birnendieb	76
Der Morgen-Birnen-Ritus	78
Die kleine Birne	79
Gaumenkitzel	83
Das Liebesorakel	84
Hoffnung	87
Die kleine Birne sucht Abenteuer	88
Ode an die Birne	91

Autorinnen + Autoren

Barbara Merten
Bianca Buchmann
Bianca Maria Edel
Caroline Seeger
Dörte Müller
Ellen Norten
Fiona Walter
Florian Geiger
Hartmut Gelhaar
Hedwig Schulz-Gade
Ingeborg Henrichs
Ingrid Baumgart-Fütterer
Ingrid Hägele
Johanna Buchholz
Juliane Barth
Karin Endler
Karl-Heinz Richter
Kathrin Samar

Lina Sommerfeld
Luna Day
Manuela Klemenz
Monika-Maria Ehliah Windtner
Nico Haupt
Oliver Fahn
Simon Käßheimer
Simone Lamolla
Stephanie Hope
Sylvia Menner
Tim Tensfeld
Ulli Krebs
Vanessa Boecking
Viktoria Haas
Volker Liebelt
Wolfgang Rinn
Wolfgang Rödig

Karl-Heinz Richter, geboren 1948, verheiratet, drei Kinder, zwei Enkel. Grund- und Hauptschullehrer, Diplom-Pädagoge, Gymnasiallehrer, als Studiendirektor in Pension.

Die edelste Birne

Es war September. Die Sonne warf ihre letzten warmen Strahlen auf den Garten. Da leuchteten die großen Sterne der Dahlien in allen Farben auf und die Rosen drehten ihr Gesicht dankbar zur Sonne hin.

Hinten im Garten standen viele Birnbäume. Die Birnen hatten sich in den letzten Wochen alle fleißig angestrengt und sich immer zum Licht hingedreht, um recht groß und prächtig zu werden. Nun waren sie alle reif und hatten nichts mehr zu tun. Sie warteten nur noch darauf, dass sie abgepflückt würden und dann jede einzeln in einem Seidenpapierbettchen eingepackt in eine Kiste kämen.

Aber wenn man nichts zu arbeiten hat, kommt man gar leicht auf dumme Gedanken. So ging es auch den Birnen.

„Lasst uns wetten, wer die feinste von uns allen ist", rief die dicke Bergamotte-Birne und schaukelte sich an ihrem Ast. Heimlich dachte sie: „Ich bin natürlich die allerfeinste, denn ich stamme aus Frankreich und die Hausfrau hat erst neulich gesagt, als sie ihren neuen Hut aufsetzte: In Frankreich gibt es immer das Beste!"

Als ob eine Birne vom Nachbarbaum das gehört hätte, drehte sie sich um und rief: „Du irrst dich wohl, ich bin die Gräfin von Paris und selbstverständlich vornehmer als ihr alle zusammen!" Dabei tänzelte sie geziert auf ihrem Ästchen.

„Ich glaube nicht", nickte bedächtig eine dicke, grüne Birne mit rosa Bäckchen, „dass du wirklich die feinste von uns bist. Sicherlich bist du eine Gräfin, aber mich hat einmal der vornehme Herr Clapp zu seinem Liebling erklärt – und das war wirklich ein Feinschmecker! Nach ihm heiße ich auch Clapps Liebling."

„Das mag alles sein", funkelte die Williams-Christbirne. „Aber hat eine von euch so prächtige Farben wie ich? Überall auf der ganzen Welt weiß man mich zu schätzen!"

„Haha", lachte die Gute Luise, eine hübsche Birne in ihrem gelblichen Herbstkleid. „Warum habe ich so einen schönen Namen? Eben weil ich gut bin. Und in diesem Jahr werde ich sicher allerbeste Luise genannt werden." Voller Übermut wippte sie auf und ab.

„Ich bin Gellerts Butterbirne", rief eine hochmütige Stimme. „Wahrscheinlich habe ich die vornehmsten Ahnen von euch allen!"

An einem besonders hohen Birnbaum zappelte lebhaft eine schlanke, dunkelgrüne Birne und sprach mit tiefer Stimme: „Ich bin die Bürgermeisterbirne – und der Bürgermeister hat im ganzen Dorf am meisten zu bestimmen!"

„Deswegen bist du noch lange nicht die feinste", belehrte sie würdevoll die Pastorenbirne. „Schon seit Menschengedenken standen meine Vorfahren in diesem Garten. Und das nicht ohne Grund, denn Pastoren sind nun mal fürs Feine."

So redeten alle von ihrer vornehmen Herkunft und stritten sich darum, wer am feinsten wäre. Dabei hatten sie ganz vergessen, dass sie alle miteinander von der sauren Holzbirne abstammten und dass die Züchter viel Zeit und Mühe darauf verwandt hatten, bis sie alle so schön und so gut geworden waren.

Ganz am Ende des Gartens stand noch ein Baum, der etwas schief gewachsen war und sich schräg gegen die Mauer lehnte. Seine Birnen sagten kein Wort. Sie waren hässlich anzusehen, rau wie Leder und voller kleiner, schwarzer Flecken. Sie wagten sich mit den wunderschönen anderen Birnen gar nicht zu vergleichen.

Nun blickte die Gräfin von Paris hochmütig zu ihnen hinüber und rief böse: „Nun, wenn wir uns schon nicht einig sind, wer die feinste von uns ist, so stimmen wir wenigstens darin überein, wer die hässlichste und gewöhnlichste von uns ist." Und alle Birnen im Garten lachten voller Spott und Hohn über die armen, hässlichen Lederbirnen. Die schämten sich und versteckten sich unter ihren Blättern. Es tat ihnen in der Seele weh, so lieblos ausgelacht zu werden.

Am nächsten Sonntag kam der Gartenbesitzer mit einem sehr vornehmen Gast. Der sagte: „Ich möchte alle Birnen versuchen. Die edelste will ich kaufen."

„Oh", dachten die eitlen Birnen alle, „mich wird er kaufen, denn ich bin die edelste."

Der Herr kostete von jeder Birne ein kleines Stückchen. Ganz zum Schluss ging er zu den hässlichen Birnen und probierte auch sie. „Diese ist die edelste", sprach er. „Ich möchte fünf Kisten davon kaufen."

Die anderen Birnen hörten das. Zuerst waren sie so erschrocken, dass sie kein Wort herausbrachten, aber dann riefen alle wie aus einem Munde: „Wieso denn gerade die? Sie ist doch die hässlichste von uns allen!"

„Das kann ich euch genau sagen", sprach der Herr, „es kommt manchmal auch auf die inneren Werte an – und die können auch in einer hässlichen Schale stecken."

Hedwig Schulz-Gade *(1932-2018) wuchs in Wiesbaden auf und lebte ab 1963 bis zu ihrem Tod im nördlichen Schleswig-Holstein an der Flensburger Förde. Erst mit Anfang 50 begann die studierte Pädagogin mit dem literarischen Schreiben und verfasste ab der Mitte der 1980-er Jahre Natur- und Landschaftsgedichte sowie zahlreiche Erzählungen, Märchen, Fabeln und Legenden, in denen sie davon erzählt, wie die Welt durch Einsicht und Mitgefühl ein Stück besser werden kann. Veröffentlichungen: „Der Abendwind weht leis vom Strand" (2021), „Warum der Mond manchmal am Tag scheint" (Hörbuch (2024).*

Birnenduftkuchen

Moin!
Kommt mit in meine Kombüse,
jetzt gibts was Ordentliches
ohne Gemüse.

Dieses Rezept ist für vier
hungrige Halunken
und es macht zum Glück
nicht betrunken.

Ihr braucht
für den Teig:
1/2 Würfel Hefe, gebröckelt
500 g Mehl
100 g Zucker
250 g Butter
250 ml Milch
1 TL Salz
1 Ei

Und für den Sud:
100 ml Zitronensaft
3 Zimtstangen
1 Päckchen Vanille-Puddingpulver
3 EL Zucker

Und ich rate:
1,5 kg Birnen,
Sorte Abate!

Wenn jedoch einer nicht in
Abate-Stimmung ist,
geht auch die Sorte
Williams Christ!

Und so geht Ihr vor:
Zuerst schüttet Ihr das Mehl
in eine Schüssel und grabt
in der Mitte eine Vertiefung,
fügt Hefe und 20 g Zucker hinzu,
nach sorgfältiger Prüfung.

Jetzt noch die warme Milch.
Nicht zu viel,
nur bis zum Kiel!
Dann restlichen Zucker,
Butter und ein Ei,
wie rum ist einerlei.
Noch eine Prise Salz
für das Aroma,
dann schmeckt's auch
der Oma.

Alles zusammen gut verkneten,
da braucht ihr viel Kraft,
ist nichts für Leichtathleten.

Hat der Hefeteig
ein wohliges Aussehen,
lasst ihn in einer
warmen Ecke gehen.

Mit einem Tuch bedeckt,
macht er ein Nickerchen
für eine Stunde.

Für uns gehts in die
nächste Runde.
Birnen schälen und halbieren,
raus mit dem Kerngehäuse.
Das kriegen die
Kombüsenmäuse.

Nun die Birnen mit
drei Esslöffeln Zucker und
drei Zimtstangen aufkochen,
mit einem ordentlichen
Schuss Zitronensaft,
das gibt Energie und Kraft.

Dann formt ihr den
ausgeschlafenen Teig
zu einem Kloß,
so richtig groß.

Fixiert ihn über dem
Birnenkompott
auf einem Tuch.
Ach herrje, da kommt
schon der Besuch!

Mit einem Gummiband
das Tuch am Kochtopf
festgespannt.

Deckel drauf und
köcheln lassen,
45 Minuten – circa,
wird schon passen.
Puddingpulver mit 6 Esslöffeln
kaltem Wasser verquirlen,
dann Kloß und Birnen
aus dem Topf entführen.

Den Sud aufkochen, das
Pudding-Wasser-Gemisch
hineinführen,
mit einem Schneebesen
kräftig umrühren,
bis alles gründlich verbunden,
das wird euch munden!

Danach die Birnen
unter den Sud mischen.
Schon könnt ihr auftischen.
Für diese Schurken, diese Räuber,
diese hungrigen Münder,
denn Obst ist viel gesünder!

Ganz hervorragend zum Kloß
passt eine warme Vanillesoß'.

Ahoi, ihr furchtlosen Sprotten,
und immer eine Handbreit
Wasser unterm Kiel!

Bianca Buchmann *lebt im schönen Oldenburg in Niedersachsen, ganz in der Nähe der Nordsee. Sie illustriert und schreibt Geschichten und Gedichte für Kinder und alle Erwachsenen, die in ihrem Herzen Kind geblieben sind. Sie hat bereits mehrere Bilder und Texte in verschiedenen Anthologien veröffentlicht. Mehr zu entdecken gibt es auf Instagram @ biancas.unexpected.art.*

Der Tröster

Ich bin der Baum in deinem Garten
und seh dich oft in den Tag starten.
Weit streck ich meine Zweige aus,
manchmal klopf ich an dein Haus.

Oft sprichst du ganz leis zu mir,
ich hör dir zu, das glaube mir!
In Mathe stehst du nicht so gut
und deine Mutter ist voll Wut.

Die Lehrer schimpfen oft mit dir
und in Deutsch wieder die Vier.
In Bio hast du auch versagt
und mir dein ganzes Leid geklagt!

Französisch, das ging voll daneben,
vielleicht bleibst du jetzt sogar kleben!
Als Trost nach kummervoller Nacht
hab ich 'ne Birne dir gebracht!

Ich weiß, dass sie dich glücklich macht,
drum hab ich sie hervorgebracht.
Die Sorgen sind nur halb so schwer,
komm morgen wieder, es gibt noch mehr!

Dörte Müller, *geboren 1967, schreibt und illustriert Bücher für Kinder. Sie lebt mit ihrer Familie in Bonn und unterrichtet Englisch, Deutsch und Kunst.*

Das Versteck

Die Birne zählt eigentlich nicht zu meinem Lieblingsobst, denn ihr weiches Fruchtfleisch ist mir zu süß. Da ich mehr auf die spritzig-saure Frische der Zitrusfrüchte stehe, würde ich mich eher als Orangenesserin bezeichnen. Doch an diesem Tag wollte ich nach einem alten Rezept meiner französischen Oma einen karamellisierten Birnenkuchen für meine beste Freundin backen. Diese war ein großer Fan der französischen Küche und hatte mich für den folgenden Tag zu ihrem Geburtstag eingeladen.

Ich begab mich also auf den Lebensmittel-Markt unserer kleinen Stadt, was an sich nichts Besonderes war, suchte ich doch diesen Ort mindestens einmal wöchentlich auf, um meine Gemüse- und Obstvorräte aufzufüllen. Ich kannte mittlerweile fast jeden Verkäufer, weshalb ich auch genau wusste, wer die schönsten und saftigsten Birnen im Angebot hatte. Zielsicher steuerte ich auf den besagten Stand zu, erwarb ein halbes Dutzend dieser süßen Früchte und kaufte noch ein paar andere Dinge, bevor ich mich zufrieden auf den Heimweg machte.

An diesem Tag hatte schon früh morgens ein leichter Nieselregen eingesetzt und es wehte ab und zu ein kalter Windstoß durch die Gassen. Man empfand es als recht ungemütlich, sich draußen aufzuhalten, weshalb das übliche Gedränge auf dem Markt fast ganz wegfiel. Umso unerwarteter traf mich deshalb beim Verlassen des Marktplatzes der plötzliche Zusammenstoß mit einem breitschultrigen Fremden, der uns beide zu Boden beförderte. In einer reflexartigen Bewegung ließ ich sofort meinen Korb los, um den Sturz mit den Händen abzufedern, und schon rollten meine Früchte nach allen Seiten durch die Beine der wenigen Passanten, unter die nächsten Marktstände und in die Straßenrinnen.

Meinem Gegenüber erging es nicht besser, wir saßen eine Weile verwirrt auf dem feuchten Boden und starrten uns ungläubig an. Doch schon eilten hilfsbereite Menschen herbei und reichten uns die Hände, um uns hochzuziehen. Andere sammelten eifrig die zerstreuten Lebensmittel ein und legten sie abwechslungsweise in meinen Korb und in die Tasche des Fremden. Es war ein so heilloses Durcheinander, dass ich nicht darauf achtete, ob ich all meine Ware zurückerhielt. Mir klopfte das Herz nach dem Schreck noch immer bis zum Halse und mein Bein schmerzte wegen des Sturzes, sodass ich nur möglichst schnell nach Hause gehen wollte. Ich packte also meinen Korb und tat genau dies.

Als ich etwas später meine Einkäufe auspackte, bemerkte ich verärgert, dass zwei der Birnen von einer anderen Sorte waren. Sie hatten eine bräunliche Schale, während ich hellgrüne Früchte gekauft hatte, und sahen sehr mitgenommen aus. Bei beiden fehlte der Stiel und ein kleines Loch auf der Unterseite ließ einen Wurmstich vermuten. Stirnrunzelnd betrachtete ich die beiden Birnen und fragte mich, ob ich wohl genug Obst für meinen Kuchen hätte, wenn diese sich als faul oder befallen erweisen sollten. Ich hatte allerdings keine Lust mehr, auf den Markt zurückzukehren.

Also wusch ich die Birnen und schnitt die erste der beiden braunen vorsichtig auf. Wie erstaunt war ich aber, als ich in der Mitte auf etwas Hartes stieß, dass sich nicht durchschneiden ließ. Seufzend versuchte ich, die Birne von der anderen Seite her zu halbieren, doch auch dies gelang mir nicht. Auf der Höhe des Kerngehäuses stieß meine Messerklinge wieder auf etwas Hartes. Ich muss wohl eine Viertelstunde daran gearbeitet haben, die widerspenstige Frucht zu öffnen, bis ich es endlich schaffte, sie an den Schnittstellen entlang von Hand entzweizubrechen.

Dann erstarrte ich. Meine Augen wurden groß und meine Hände begannen so sehr zu zittern, dass ich das Messer auf die Küchenablage legen musste. Aus dem Innern der braunen Frucht glitzerten mir nämlich drei wunderschöne Edelsteine entgegen: ein kleiner Smaragd, ein ovaler Rubin und ein rundlicher Saphirsplitter. Ich bin keine Kennerin solcher Juwelen, aber ich wusste sofort, dass es sich hier nicht um billige Kunststoff-Nachahmungen handelte. Vorsichtig wickelte ich sie also in ein sauberes Haushaltspapier, trocknete meine nassen Hände und warf mir zum zweiten Mal an diesem Tag meinen langen Regenmantel über.

Wenig später musterte mich ein rundlicher Polizist mittleren Alters auf dem Kommissariat mit unfreundlichem Blick von Kopf bis Fuß.

„Ich denke, Sie sollten besser nach Hause gehen und sich hinlegen, gnädige Frau. Ihnen ist wohl das heutige Frühstück nicht gut bekommen", meinte er spöttisch.

Ich konnte ihm seine abschätzige Haltung nicht wirklich übel nehmen, denn wahrscheinlich tauchte nicht alle Tage eine alte Dame mit angeschnittenen Birnen in seinem Büro auf und behauptete, dass sich ein Vermögen darin verstecke. Also blieb ich gelassen und zog ruhig das Haushaltspapier mit den funkelnden Steinen aus meiner Handtasche.

Die Haltung des Polizisten änderte sich mit einem Schlag. Er schnappte ein paar Mal nach Luft und rief dann wie wild nach seinen Kollegen. Danach ging alles sehr schnell. Bevor ich mich versah, packten mich zwei hochgewachsene Beamte an den Armen und führten mich in schnellen Schritten eine schmale Treppe hinunter in eine dunkle Zelle. Man stieß mich hinein, schloss das schwere Gittertor und drehte den Schlüssel. Natürlich versuchte ich, mit den Polizisten zu sprechen und meine Situation zu erklären, aber sie hörten mir nicht zu. Also ließ ich mich erschöpft auf die harte Holzbank in der Zelle sinken und begann zu warten. Ich weiß nicht, wie viel Zeit verstrich, aber ich vermutete, dass bereits mehrere Stunden vergangen waren. Allmählich wurde es kalt auf der Bank und mein Magen knurrte immer lauter. Ich sehnte mich nach meiner warmen Küche und dem wohlriechenden Birnenkuchen und verstand noch immer nicht, warum das alles ausgerechnet mir passierte.

Endlich hörte ich ein paar schwere Schritte vor meinem Gitter und der Polizeikommandant trat seufzend in meine Zelle. Ich kannte ihn von früher, denn er war ein alter Schulfreund meines Sohnes. Allerdings hatten sich inzwischen tiefe Sorgenfalten in sein Gesicht gefurcht, sodass er über die Jahre gealtert aussah. Freundlich reichte er mir die Hand und bat mich, ihm in sein Büro zu folgen. Dort durfte ich ihm endlich meine Geschichte erzählen und er glaubte mir sogar. Wie ich vermutet hatte, befanden sich auch in der zweiten braunen Birne mehrere wertvolle Edelsteine. Diese waren ein paar Wochen zuvor aus der Werkstatt eines Juweliers in Zürich gestohlen worden. Obwohl ich als Hauptverdächtige in dem Fall galt, hatte der Polizeikommandant beim Staatsanwalt erreicht, dass ich aufgrund meines hohen Alters in meine Wohnung zurückkehren durfte. Es war mir aber verboten, diese in den nächsten Tagen zu verlassen, und so verpasste ich den Geburtstag meiner Freundin. Den karamellisierten Birnenkuchen konnte ich natürlich auch nicht für sie backen.

Zum Glück wendete sich wenige Tage später alles zum Guten, denn es gelang der Polizei mithilfe meines Phantombildes, den seltsamen Fremden vom Marktplatz zu finden, und man konnte ihn rasch des Diebstahls überführen. Da mir aber der dankbare Juwelier aus Zürich einen großzügigen Finderlohn auszahlte und ich von der Polizei eine Entschädigung für die Unannehmlichkeiten erhielt, konnte ich meiner Freundin ein noch viel besseres Geschenk überreichen als den geplanten Kuchen. Wir leisteten uns eine dreiwöchige Reise nach Frankreich und aßen dort jeden Abend – wie könnte es anders sein? – karamellisierten Birnenkuchen zum Nachtisch. Vielleicht mag ich Birnen inzwischen doch ein kleines bisschen lieber.

Caroline Seeger *wurde 1979 in Zürich geboren und lebt mit ihrer Familie in der Nordwestschweiz. Sie studierte in Zürich, Neuenburg und Basel, arbeitet als Sprachlehrerin in der Erwachsenenbildung und reist gern. Das Schreiben war von früh auf ihre Leidenschaft, der sie mit dem Älterwerden ihrer Kinder wieder mehr Zeit widmen kann.*

Birnen im Sonnenschein

In einem Garten bunt und fein
tanzen Birnen im Sonnenschein.
Von Grün zu Gelb, ein Farbenspiel,
die Birnen träumen still und viel.
Versteckt im Laub, ein kleines Geheimnis,
ein Kinderlächeln, schüchtern, leis'.

Im Herbst, wenn Blätter tanzen gehen,
erzählen Birnen von Verstehen.
Von Freundschaft, die wie Früchte reift,
und ruhigen Träumen, die das Herz ergreift.
Die Saftigkeit, so süß und mild,
erzählt Geschichten, sanft und wild.

Birnenflüstern im Abendlicht,
von Liebe, die im Herzen bricht.
Ein Lied der Birnen, so tief und klar,
vom Wachsen, Reifen, Jahr für Jahr.
Kinder hören dieses Lied so gern,
Geschichten von Birnen, leicht und fern.

Süß und saftig wie ein Traum,
Natur schenkt uns diesen köstlichen Raum.
Ein Birnchen hängt am glatten Ast,
die Sonne küsst es zart, ohne Hast.
Wie das Leben so kandiert und rund
wächst es heran am sicheren Grund.

Birnenbaum im Windeshauch
erzählt Geschichten, flüsternd auch.
Kinder lernen, stark zu sein
wie der Birnbaum, groß und fein.
Gelbe Frucht, so zierlich und klein,
steckt voller Geheimnisse, rein.

Jede Birne, eine kleine Welt,
in der die Schönheit sich gefällt.
In jedem Fruchtbauch liegt ein Gedicht,
von der Natur geschrieben, luftig, schlicht.
Verborgen in der grünen Pracht
erzählen sie vom Lebensfaden, zaghaft erwacht.

In ihrem Kern ein kleines Geheimnis wohnt,
wie das Glück, das versteckt in uns thront.
Die Birnen lehren, so freundlich und klar,
das Wunder im Einfachen offenbar.
Wenn Herbstwind singt sein raues Lied
fallen Birnen, reif und müd.

Doch in ihrem Fallen ein Versprechen klingt,
dass neues Leben im Herzen springt.
So lehrt uns die Birne, groß und klein,
über das Werden, das Vergehen, den Lebensreim.

Simone Lamolla *erblickte 1979 im Bundesland Schleswig-Holstein das Licht der Welt. Sie ließ sich zur Bürokauffrau ausbilden und ist nun seit über 23 Jahren in einer mittelständischen Firma in Norddeutschland als Abteilungsleiterin tätig. In ihrer Freizeit hält sie sich gerne im Kleingarten oder bei langen Spaziergängen an der Ostsee auf. Einige ihrer Kurzgeschichten wurden bereits in Anthologien bei verschiedenen Verlagen veröffentlicht. Man findet sie auf Instagram unter: instagram. com/la_mone_hansedeern*

Birnchen sucht seine Mutter

Es war einst eine kleine Mostbirne mit Namen Birnchen, die war vom Baum gefallen, ehe sie ausgewachsen war, und all die anderen Birnen nannten sie nur Birnchen. Die kleine Birne lag nun da und überlegte, woher sie wohl kam. Vom Baum sicherlich, so viel stand fest. Aber woher genau? Wer war ihre Mutter?

So suchte und suchte sie unter den anderen gefallenen und noch fallenden Birnen – teils waren diese nicht gut zu sprechen, weil angeschlagen oder faulig vom Abfallen. Und die, die es nicht waren, wussten nichts. Birnchen suchte trotzdem weiter, doch eines Tages gab sie auf.

„Ich werde nie wissen, wer meine Mutter ist und es meinen Kindern erzählen können", dachte die kleine Birne letztlich.

Da kam eine ältere Frau mit ihrer Tochter des Weges, Birnchen fand sich nun auch noch vom Schöpfer verspottet, und hob die abgefallenen guten Birnen auf – Birnchen unter ihnen.

„Nanu, was ist jetzt los?", dachte sie. Sie wurde davongetragen, chancenlos, ihre Mutter zu finden. So schien es zumindest.

Die alte Frau aber, die die Birnen für Birnenschnaps brauchte, brachte Birnchen mit ihrer Tochter heim und zog sie und die anderen guten Birnen ohne ersichtlichen Makel und mit der richtigen Größe auf Flaschen auf. Die kleine Birne war nun mit Schnaps umhüllt und steckte in einer Flasche. Sie fand es nicht schlimm, aber wusste nicht wirklich, wie ihr geschah.

Birnchen aber ging plötzlich ein Licht, nein, keine Birne, auf. Vielleicht war hier ihre Mutter gelandet und so wie sie eine Schnapsbirne geworden. Sie rief nach ihr: „Mutter, Mutter." Auf dem Regal neben ihr antwortete eine Birne leise. „Das war die Mutter von Birnchen", wirst du nun denken, aber nein, es war eine andere.

„Deine Mutter ist ein Baum", rief diese Birne aus, „hier wirst du sie nicht finden."

Birnchen verstand nun alles – und so sollte es ja auch sein.

Und damit beende ich diese kleine Mostbirnengeschichte. Schnaps ist übrigens nichts für Kinder oder Erwachsene und nur zum Einreiben, für Wunden oder andere wissenschaftliche Sachen gut. Das sei noch kurz erwähnt.

Simon Käßheimer *wurde 1983 in Friedrichshafen am Bodensee geboren, wo er bis heute seine Wurzeln hat. In Nähe des Bodensees (Ravensburg) lebt er inzwischen inspiriert durch die schöne Landschaft glücklich vor sich hin. Dazwischen liegen eine Gärtnerausbildung und neun Jahre Hauptschule, die Arbeit als Gärtner und zuletzt eine Tätigkeit, die ihm die Zeit zum Schreiben eingeräumt hat.*

Köstlich

Köstliche Birnen
Vielfältiger Hochgenuss
Geschenk der Natur

Ingeborg Henrichs, zuhause in Ostwestfalen, verfasst kürzere Texte. Schätzt das Schöne und Nützliche in Natur und Kultur. Einige Veröffentlichungen.

Das Birnenbäumlein

Ich bin ein kleines Birnenbäumchen
und hab in meines Herzens Räumchen
den Traum – ein großer Baum zu sein,
denn jetzt bin ich ein Bäumelein.

Reiche Frucht will ich gern tragen
und allen Menschen will ich sagen,
dass Bäume Menschenfreunde sind,
die fühlen können wie ein Kind.

Drum will ich euch ins Herz nun legen,
seid gut zu Bäumen, tut sie pflegen,
wir kommen aus des Schöpfers Hand
nur tragen wir ein Baumgewand.

Monika-Maria Ehliah Windtner, *Autorin, Kunstschaffende, Bloggerin, wurde zur Sommersonnenwende Anfang der 60iger-Jahre im Herzen des Salzkammergutes geboren. Sie lebt in Oberösterreich, Nähe der Landeshauptstadt Linz. Schreiben ist für sie Lebenselixier und Lebens-ART. Regelmäßige Veröffentlichungen in Anthologien, Literatureditionen, verschiedenen Publikationen, sowie Radiobeiträge.*

Schneewittchen und die verzauberte Birne

Das Märchenland könnte ein Ort des Friedens sein, wären da nicht die böse Hexe und ihr fieser Sohn Allessandro. Was sie wohl dieses Mal im Schilde führen?

Die böse Hexe befand sich in ihrer Hexenküche tief unten in ihrem finsteren Schloss. Dort machte sie eine giftige Birne. Äußerlich sah diese schön aus – kegelförmig mit einer lichtgelben Schale. Ihr Fleisch im Inneren von einem fein schmelzenden Aroma und einem süß-säuerlichen Geschmack. Jeder, der sie erblicken würde, sollte direkt Lust bekommen, davon zu essen. Allerdings würde derjenige, der von dieser Birne as, sterben. Hämisch lachend betrachtete die böse Hexe ihr Werk.

„Allessandro", brüllte sie durch das ganze Schloss. Keine Antwort. „ALLESSANDRO! Wo steckt, dieser Nichtsnutz, wenn man ihn braucht, ist er nicht da?"

„Wenn ich bemerken darf ...", meldete sich eine Stimme zu Wort. Erschrocken wirbelte die böse Hexe herum. „Goldknauf", fauchte sie wütend. „Du magst der klügste Bewohner dieses Schlosses sein und uneingeschränkten Zugang zu jedem Zimmer haben, aber – WAGE ES NICHT, MICH NOCH EINMAL SO ZU ERSCHRECKEN!"

Eine Schweißperle lief von dem goldenen Türknauf herunter, der eben erst auf der Tür erschienen war. Seine zwei großen Kulleraugen starrten die böse Hexe funkelnd an. Sein Mund, den ein Schlitz auf dem Knauf formte, schien vor Anspannung zu beben. Wollte Goldknauf der bösen Hexe etwa eine Gegenantwort geben? Nein! Die Anspannung auf seinen Lippen legte sich wieder. Scheinbar hatte Goldknauf entschieden, dass es besser war, der bösen Hexe nicht auf ihr Gebrüll zu antworten.

Nach einer kurzen Stille versuchte Goldknauf geschickt, auf ein anderes Thema zu wechseln. „Ich wollte Sie nur wissen lassen, eure

Majestät, dass Allessandro in der Dark School ist. Er ist abwesend. Einen schönen Tag noch." Der goldene Knauf verschwand. Zurück blieb ein ganz gewöhnlicher Holzknauf an einer gewöhnlichen Holztür.

„Zum Donnerwetter", schimpfte die böse Hexe. „Dann muss ich diese Tat wohl selbst erledigen." So packte die böse Hexe die Birne in einen Korb und verkleidete sich mit einem Umwandlungszauber in eine alte Bauersfrau.

„Dieses naive Schneewittchen ist schon so oft auf den Trick mit dem Apfel hereingefallen", lachte die böse Hexe im Selbstgespräch, „da fällt sie garantiert auch auf mich herein." Schließlich ging die böse Hexe die Stufen hinauf, nahm ihren Besen aus der Besenkammer und schwebte aus einem der offenstehenden Fenster.

Nach einigen Stunden Flugzeit erreichte die böse Hexe die Hütte der sieben Zwerge, die hinter den sieben Bergen lebten. Sie klopfte mehrmals an die Holztür, bis Schneewittchen ihren Kopf aus einem Fenster herausstreckte. „Ich darf keinen hereinlassen. Die sieben Zwerge haben es mir verboten."

„Da haben deine Freunde eigentlich auch recht. Dann werde ich meine Früchte woanders los. Ein Jammer aber auch", säuselte die böse Hexe mit verstellter Stimme „Erst neulich habe ich auf dem Markt des Dorfes Siebenreich viele verkauft. Es sind nicht mehr viele übrig. Und dir würde ich einen schenken. Du bist so hübsch, dass man dir einfach etwas schenken möchte."

„Nein", erwiderte Schneewittchen. „Ich darf nichts annehmen."

„Fürchtest du dich?", fragte die böse Hexe. „Ich will dir zeigen, dass die Birne ungefährlich ist."

Ohne dass Schneewittchen sah, dass die böse Hexe eine andere Birne im Korb anschnitt, beobachtete sie, wie die böse Hexe genüsslich in die Birne hineinbiss. Schneewittchen lüsterte die schöne Birne an. Gerade als die böse Hexe die Birne in den Korb zurückstecken wollte, streckte Schneewittchen die Hand aus. „Ich möchte auch davon probieren."

„Gerne. Ich zaubere die Birne wieder heil und gebe dir ein ganzes Stück. Lass sie dir schmecken."

Kaum aber hatte Schneewittchen einen Bissen von der Birne im Mund, fiel es tot um. Laut lachend kehrte die böse Hexe darauf zu ihrem Schloss zurück.

Als die Zwerge abends nach Hause kamen, fanden sie Schneewittchen bewegungslos auf dem Boden liegen. Sie untersuchten Schneewittchen. Doch es atmete nicht. Zuerst beweinten die Zwerge Schneewittchen. Ganze drei Tage lang. Dann sagte der jüngste Zwerg: „Lasst uns zur guten Hexe gehen. Vielleicht kann sie uns helfen? Eigentlich sollte doch ein Königssohn vorbeikommen. Doch dieses Mal ist es irgendwie anders."

Die sieben Zwerge legten Schneewittchen in einen Sarg und trugen diesen zu dem Schloss des Königspaars vom Märchenland. Die gute Hexe war hier oft zu Besuch, weswegen die Zwerge hofften, dass die gute Hexe bei ihrer Ankunft vor Ort sein könnte. Es war der kürzere Weg als der zum Schloss der guten Hexe.

Nach gut zwei Tagen Fußmarsch stellten die Zwerge den Sarg erschöpft im Thronsaal des Königspaars vom Märchenland ab. Als das Königspaar die müden Zwerge sahen, die ihnen berichteten, dass sie kaum Pausen unterwegs eingelegt und mit einigen Schwierigkeiten in den Wäldern zu kämpfen hatten, da sie sich stellenweise durch Gestrüpp von Dornen kämpfen mussten, ließ die Königin sofort einige Diener herbeikommen, die sich um die Zwerge kümmerten. Diese brachten Tücher, mit denen die Zwerge ihre kleinen schwieligen Hände abwaschen konnten, saubere Kleidung und auch etwas zu essen.

Die Zwerge hatten sich in den letzten Stunden kaum wohler gefühlt. In einem Vorzimmer wurde extra ein Tisch für sie mit goldenen und silbernen Tellern eingedeckt. Das Essen wurde dorthin gebracht. Als alles fertig war, wurden die Zwerge von der Königin aufgefordert, am Tisch Platz zu nehmen und sich satt zu essen.

Es war beinahe Abend, als die Zwerge dem Königspaar und der guten Hexe erzählten, dass sie wegen Schneewittchen ratlos waren. Sie konnten sich nicht erklären, warum sie nicht mehr atmete und auch der Königssohn, der sonst laut Geschichtsabläufen helfen sollte, nicht vorbeikam.

„Nun", meldete sich die gute Hexe zu Wort. „Ich werde meinen Spiegelsaal aufsuchen und den Spiegel der Vergangenheit befragen. Ich verwende ihn selten, da er nur für Notfälle gedacht ist. Aber dies ist ein Notfall, weil wir keine anderen Hilfsmittel haben und auch keiner uns erklären kann, was passiert ist. Können die Zwerge über Nacht im Schloss bleiben? Ich werde erst am nächsten Morgen wieder zurückkommen können." Die gute Hexe richtete ihre Frage an das Königspaar.

„Selbstverständlich", erwiderte der Märchenkönig. „Sie werden unsere Gäste sein, bis wir wissen, was mit Schneewittchen los ist und eine Lösung gefunden haben, wie wir ihr helfen können."

„Und dann", begann die gute Hexe – denn es war inzwischen Morgen, sie längst zurück und alle im Thronsaal versammelt, „und dann sah ich im Spiegel der Vergangenheit, was sich zugetragen hat. Die böse Hexe hat sich verwandelt und Schneewittchen hereingelegt. Sie hat ihr eine verzauberte Birne gegeben, die sie umbringen sollte."

Unruhe brach unter allen Anwesenden aus.

„Die böse Hexe", zischte Schlappohr, der Berater des Königs. „Die bringt unsere ganzen Geschichten durcheinander und mischt sich dauernd in die Abläufe ein. Schneewittchen sollte doch laut ihrer Geschichte von einem Apfel vergiftet werden. Nicht von einer Birne! Das kann sie doch nicht wirklich ernsthaft meinen? Das wäre ein Spott für alle Schneewittchengeschichten. Sollen sich die Kinder demnächst erzählen: Ud so wurde Schneewittchen von einer Birne vergiftet?"

„Aber Schlappohr", lächelte die gute Hexe besänftigend. „Auch wenn es längst keiner der üblichen Streiche mehr ist, weil sie dieses Mal mehr Schaden angerichtet hat, als jemandem eine Grippe herbeizuführen, so wird sich wegen dieses Ablaufs nicht gleich die ganze Geschichte ändern. Die Geschichtsabläufe werden gleich bleiben. Letztlich basiert, was hier passierte, auf den Geschichten der Menschen und denen, die wir Märchenfiguren herbeiführen."

Schlappohr seufzte erleichtert. „Beim Großen Schlapp! Wenigstens trifft diese Befürchtung nicht ein. Was aber machen wir nun mit Schneewittchen?"

„Ich habe das passende Gegenmittel", lächelte die gute Hexe. „Ihr könnt alle unbesorgt sein und im Anschluss wieder nach Hause gehen. Und ihr Zwerge seht bitte zu, dass Schneewittchen sich an die Ablaufregeln hält und sich nur von roten Äpfeln vergiften lässt."

„Das machen wir, gute Hexe. Hab vielen Dank", sagte der älteste Zwerg erleichtert.

Den Zwergen standen Tränen in den Augen, nachdem Schneewittchen von der guten Hexe eine glibberige Substanz in den Mund getrichtert worden war und sie nun die Augen öffnete. „Ach Gott, wo bin ich denn hier? Sollte ich nicht von einem Königssohn gerettet werden?"

„Du bist von der bösen Hexe vergiftet worden", erklärte die gute Hexe. „Mein Zaubertrank hat dich gerettet. Die Zwerge werden dir alles Weitere auf ihrem Heimweg berichten."

„Ihr werdet dieses Mal von vier unserer Wachen begleitet", sagte der Märchenkönig. „Sie werden den Sarg für euch nach Hause tragen."

„Habt alle miteinander Dank. Wir werden eure Hilfsbereitschaft nicht vergessen. Und wenn ihr je Hilfe braucht, werden wir zur Stelle sein", versprach der älteste der sieben Zwerge.

Statt die böse Hexe gesondert zu bestrafen, wurde sie von Schneewittchen zu ihrer nächsten Hochzeit eingeladen. Als die böse Hexe die Einladung erhielt, stieß sie einen wütenden Schrei aus, denn die Einladung erhielt den Beisatz, dass sie eiserne Pantoffeln zum Balltanz tragen müsse, die vorher über ein Kohlefeuer gelegt würden.

Da Feuer die böse Hexe nicht umbringen konnte, tanzte sie unter Schmerzen die ganze Nacht hindurch. Denn wer anderen eine Grube gräbt, kommt wenigstens in Geschichten nicht ohne irgendetwas davon.

Vanessa Boecking: *Autorin verschiedener Genres. „Damian, der Zauberer", Fantasy/Märchen. „Osiris, die Supermumie" Fantasy/Manga.*

Made Josef

Josef lebt, welch schöner Traum,
hoch oben in 'nem Birnenbaum.
Von dort aus lugt er allzu gerne
des Nachts auf tausend Funkelsterne
und gönnt sich, oh wie ist das fein,
ein Schlückchen süßen Birnenwein.

„Ja ja, ich hab es schön gemütlich
und halt mich an der Birne gütlich
und geht der Saft mir einmal aus,
dann wechsel ich das Birnenhaus!

So kann ich mich ganz toll belohnen,
darf im süßen Zucker wohnen!"

Wenn du also 'ne Birne pflückst,
schau, dass du ihm nicht nahe rückst,
sonst ist es leider schnell vorbei
mit dieser Birnen Nascherei –
und Josef muss ganz traurig eben
fortan in der Erde leben!

Manfred Luczinski *ist 59 Jahre alt und lebt in Baden Württemberg. Seit nunmehr elf Jahren schreibt er Gedichte zu unterschiedlichen Themen. Veröffentlichungen in Anthologien, Auftritte bei Lesungen, Berichte in Medien. Außerdem höre er sehr gerne Musik.*

Birnentraum

Ich glaub es kaum,
'ne Frau im Baum,
ist das denn wahr?
Was macht die da?

Will Birnen pflücken
und sich nicht bücken,
doch bleibt ihr Treiben nicht versteckt.
Neugier sucht, was ausgeheckt.

Herbei kommt jetzt die böse Fee
und tritt der Frau *schwupps* auf den Zeh,
da stürzt die Frau vom Baum herab,
im Fallen schnappt sie sich ein Blatt.

Und segelt jetzt gemächlich hin,
taucht in den Korb mit Birnen drin
und isst die Früchte alle auf,
hält sich dabei den dicken Bauch.

Zu viel des Guten war das nun,
mit essen hat das nichts zu tun,
es gärt und gluckst und Gas entsteht,
das arbeitet im Bauch und bläht.

So schwebt die Frau rasch wieder hoch,
folgt einem unbekannten Sog.
Die Fee, die guckt und glaubt es kaum,
die Frau sitzt wieder feist im Baum.

So kann es jetzt von vorn beginnen,
der Baum gewährt ihr kein Entrinnen.
Und die Moral von der Geschicht
heißt: Traue auch der Birne nicht

Ellen Norten, *geboren 1957 in Gelsenkirchen, ist promovierte Biologin. Als freie Wissenschaftsjournalistin arbeitete sie zunächst bei verschiedenen Hörfunksendern, danach folgte eine mehrjährige Tätigkeit bei der Fernsehsendung „Hobbythek", auch vor der Kamera. In dieser Zeit entstanden ein Dutzend Sachbücher und Ratgeber. Seit 2010 tourt sie zusammen mit ihrem Mann Zaubi M. Saubert mit dem Wohnmobil durch die Welt. 2023 erschien ihr erster Roman „Jamila tanzt!" Ein spannungsgeladenes modernes Märchen.*

Das Geheimnis der goldenen Birnen

In einem fernen, von der Zeit vergessenen Winkel Indiens lag das Königreich Amritpura, ein Ort, an dem die Sonne die üppigen Gärten in ein goldenes Licht tauchte und die Flüsse wie schimmerndes Silber durch die Landschaft flossen. Amritpura war bekannt für seine prächtigen Paläste, die mit kunstvollen Schnitzereien und leuchtenden Farben geschmückt waren, und für seine Gärten, in denen die seltensten Blumen wuchsen.

Die Sonne erhob sich jeden Tag höher, und die Gärten des Palastes blühten in noch nie da gewesener Pracht. Doch unter den Wundern Amritpuras gab es einen Ort, der alle in seinen Bann zog – der königliche Garten, in dessen Herzen ein Birnenbaum stand, der goldene Früchte trug. Diese Birnen waren nicht nur von unvergleichlicher Schönheit, sondern auch von magischer Kraft, denn jeder, der eine Frucht aß, wurde mit Gesundheit und langer Lebensdauer gesegnet.

Eines Morgens bemerkte Prinzessin Aarya, dass einige der goldenen Birnen verschwunden waren. Unter dem Baum lag ein kleines, leuchtendes Blütenblatt. „Dieses Blatt gehört zu keiner Pflanze, die ich kenne", murmelte Aarya, während sie das seltsame Objekt betrachtete. „Könnte es sein, dass wir es nicht mit einem gewöhnlichen Dieb zu tun haben?"

Die Prinzessin beschloss, der Sache auf den Grund zu gehen, und rief den stolzen Tiger Veer herbei, dessen Mut und Stärke unübertroffen waren. „Veer, wir müssen den Garten in der kommenden Nacht bewachen", sagte die Prinzessin. „Jemand entwendet die goldenen Birnen – und das können wir nicht zulassen."

„Eine gute Idee", antwortete Veer. „Und sollte der Dieb dennoch versuchen, die Früchte zu nehmen, werde ich bereit sein, ihn zu stellen. Kein Schatten soll sich unserer Wachsamkeit entziehen."

Die Nacht senkte sich über den Garten und mit ihr kam eine Stille, die nur vom gelegentlichen Rascheln der Blätter unterbrochen wurde. Prinzessin Aarya, verborgen in einem versteckten Winkel des

Gartens, der ihr einen guten Überblick bot, wartete geduldig, während Veer aus dem Unterholz wachsamen Auges das Geschehen beobachtete.

Stunden vergingen und außer dem sanften Flüstern des Windes und dem gelegentlichen Rascheln kleiner Tiere im Unterholz war nichts zu vernehmen. Doch als der Mond seinen höchsten Punkt am Himmel erreichte und seine silbernen Strahlen den Garten in ein geisterhaftes Licht tauchten, bemerkte Aarya eine Gestalt, die sich geschickt und leise dem Birnenbaum näherte.

Es war keine menschliche Gestalt, sondern eine, die sie in all den Jahren ihres Lebens in Amritpura noch nie gesehen hatte. Das Wesen schien aus Schatten und Mondlicht gewoben zu sein, fast durchsichtig und doch deutlich sichtbar. Es bewegte sich mit einer Anmut, die fast an einen Tanz erinnerte, und streckte seine Hand nach einer der goldenen Birnen aus.

Als Veer sich auf das geheimnisvolle Wesen stürzen wollte, erlebte er eine Überraschung. Eine unsichtbare Kraft hielt ihn fest, als wäre er in Fesseln gefangen. Diese Lähmung hielt an, eine quälende Ewigkeit, die sich jedoch nur über wenige Momente erstreckte, bis das Wesen den Garten verließ. Mit einer Leichtigkeit, die die Gesetze der Natur zu ignorieren schien, schritt es durch die solide Mauer, die den königlichen Palast umgab, als wäre sie nicht mehr als ein Nebelschleier.

Prinzessin Aarya beobachtete das Geschehen mit einer Mischung aus Furcht und Faszination. Noch nie hatte sie eine solche Macht erlebt. Als das Wesen verschwunden war, löste sich die Lähmung wie durch Zauberhand und Veer konnte sich wieder bewegen.

„Was war das für eine Kraft?", fragte der Tiger.

„Eine Magie, die weit über das hinausgeht, was wir kennen", antwortete Prinzessin Aarya. „Wir müssen mehr über dieses Wesen erfahren. Es trägt Geheimnisse in sich, die für Amritpura von Bedeutung sein könnten. Vielleicht sogar von Vorteil."

Sie beschlossen, den alten Weisen des Palastes aufzusuchen, der Geschichten und Legenden aus längst vergessenen Zeiten kannte.

Der alte Weise schlug, nachdem er sorgfältig über die Erzählung von Prinzessin Aarya und die ungewöhnlichen Ereignisse im Garten nachgedacht hatte, eine Lösung vor. „Es gibt eine alte Zeremonie", begann er, „die es uns ermöglicht, mit dem Schattenwanderer zu kommunizieren. Ihr, Prinzessin Aarya, zusammen mit Veer, dem Tiger, solltet sie durchführen. Ihr seid die Verbindung zwischen unserer Welt und der des Schattenwanderers."

„Was müssen wir tun?", fragte Aarya.

„Ihr müsst eine Lampe entzünden, die mit dem Öl des heiligen Neembaums gefüllt ist, und sie im Herzen des Gartens platzieren, genau unter dem goldenen Birnenbaum, bei Mitternacht, wenn die Schleier zwischen den Welten am dünnsten sind. Sprecht dann die Worte: *Schatten, der wandert zwischen den Welten, tritt hervor und zeige dein wahres Selbst. Wir suchen Verständnis, nicht Konflikt.* Das wird den Schattenwanderer herbeirufen."

In der folgenden Nacht, als der Mond hoch und voll am Himmel stand, trafen sich Prinzessin Aarya und Veer im Garten. Aarya entzündete die Lampe mit zitternden Händen, während Veer wachsam in der Dunkelheit lauerte. Als die Uhr Mitternacht schlug, sprach Aarya die Worte, die der Weise ihr gegeben hatte. Eine tiefe Stille legte sich über den Garten, so intensiv, dass selbst das Flüstern des Windes zu verstummen schien.

Plötzlich schien die Luft zu vibrieren, als die Realität selbst sich zu biegen begann. Langsam, als würde die Welt den Atem anhalten, begannen die Konturen einer Gestalt sich aus dem Nichts zu formen. Zuerst kaum mehr als ein Flimmern im Mondlicht nahm der Schattenwanderer allmählich Gestalt an, klarer und präsenter mit jedem vergehenden Moment.

„Warum ruft ihr mich?", fragte er mit einer Stimme, die klang wie das Rauschen eines fernen Flusses.

Ohne zu zögern, griff Prinzessin Aarya seine Frage auf und teilte ihre Überlegungen mit ihm. „Ich habe eine Idee, die vielleicht eine Lösung für uns beide sein könnte. Wie wäre es, wenn wir dir zu Ehren einen Birnbaum im königlichen Garten pflanzen, dessen goldene Früchte nur du genießen darfst?"

Kaum hatte sie das gesagt, verwandelte sich der Schattenwanderer. Sein düsteres Antlitz begann zu leuchten, als würde es von innen heraus von einem geheimnisvollen Feuer geschürt. Plötzlich, in einem Wirbel aus Licht und Farben, nahm der Schatten Gestalt an. Er stand nicht mehr als düstere Erscheinung da, sondern in der strahlenden Pracht eines Gandharven, eines himmlischen Musikers und Hüters der Natur. Seine Haut schimmerte wie Elfenbein im Mondlicht, und sein langes, seidiges Haar fiel in Wellen herab. Um seine Schultern lag ein Mantel, besetzt mit Edelsteinen, die an die klaren Gewässer der heiligen Flüsse Indiens erinnerten. In seiner Hand hielt er eine Vina, ein traditionelles Instrument, dessen Saiten in der Stille des Gartens zu vibrieren begannen, als würden sie die leiseste Berührung des Windes spüren.

Der Gandharva verneigte sich tief vor Prinzessin Aarya. „Eure Güte hat den alten Fluch gebrochen, der mich in Schatten gefangen hielt. Ich werde von nun an über diesen Ort wachen und seine Schönheit und Harmonie für alle Zeiten bewahren."

Mit diesen Worten und einer letzten, anmutigen Verbeugung entschwand der Gandharva in der Dunkelheit, hinterließ jedoch eine Spur leuchtender Blütenblätter, die sanft zu Boden schwebten.

Prinzessin Aarya wusste, dass der Garten des königlichen Palastes und vielleicht das gesamte Königreich Amritpura von nun an unter dem Schutz eines mächtigen Geistes standen.

Volker Liebelt, *Jahrgang 1966, lebt in dem idyllischen Öhringen, einer Stadt, die seine Inspiration und Heimat gleichermaßen ist. Sein Schreibstil zeichnet sich durch die Fähigkeit aus, lebendige Bilder und Emotionen zu erzeugen, die die Leser tief in die Handlung eintauchen lassen. Die Liebe zur Natur und die Faszination für das Übernatürliche sind wiederkehrende Themen in seinen Geschichten, die oft von märchenhaften Orten und wundersamen Begegnungen geprägt sind.*

Die Zufallsbirne

Die Birne einst am Baume hing,
doch dann der Kalle sie auffing,
als Wind und Wetter ihn schnell jagten
und Regenschauer ihn arg plagten.

Die Birne fiel ihm in die Arme
und er rannte schnell ins Warme,
warf die Birne auf den Tisch,
wo sie lag, lecker und frisch.

Die Eltern sogleich Teig anrührten
und Düfte bald den Bub verführten,
die Birne, die per Zufall kam,
dem Kalle gleich den Hunger nahm.

Also dachte Kalle sich:
„Schlechtes Wetter nur für sich,
kann auch Gutes für mich bringen,
denn die Birne, die wollt' springen."

Vom Baum zur Hand,
vom Tisch zum Mund,
wie Kalle fand,
war das gesund!

Sylvia Menner *ist 51 Jahre alt, Mutter von drei Kindern und wohnt am Fuße des schönen Schwarzwaldes. Lesen und Geschichten schreiben gehören zu ihren Hobbys – sowie viel Zeit mit ihrem jüngsten Sohn (8 Jahre alt) zu verbringen. Für ihre Kinder hat sie vor ein paar Jahren das Buch „Lotta und der Flaschengeist geschrieben".*

Birnenkuchen

Die Entrümpelung geht zu zweit auch mit der Unterbrechung schnell. Nicolas hat einiges in Kartons gepackt, was er verkaufen oder behalten will. Wir tragen es zu seiner Wohnung.

„Darf ich eigentlich auch was in deinen Container reinwerfen?", fragt er mich.

„Klar, der wird morgen abgeholt. Was drin ist, ist eben drin." Mein Blick geht zu ihm. Er lächelt mich dankend an. Ich reiche ihm die Hand. „Na komm, ich helf dir."

„Danke." Er führt mich in den Keller – und der hat es definitiv so nötig, entrümpelt zu werden, wie das Haus, was jetzt so gut wie leer ist. Die leichten Sachen nehme ich, die schwereren er. Was er nicht alleine nicht tragen kann, nehmen wir zu zweit.

Es ist bereits dunkel, als wir ganz und gar fertig sind. Kurz drücke ich ihn zum Abschied, als er mich zur Tür bringt. Ich bin eindeutig fertig und falle ins Bett. Duschen kann ich auch morgen in der Früh.

Doch mit dem früh aufstehen wird nichts, ich werde wach, weil es klingelt. Verschlafen schleppe ich mich zur Tür. Gefühlt tut mir jeder Muskel weh. „Nic...olas", gähne ich.

„So fertig?"

„Du ja anscheinend nicht." Ich wende mich ab und schleppe mich in die Küche.

„Bin auch schon seit sechs wieder wach", meint er.

Ich vernehme die Tür und seine Schritte, die mir folgen, lasse mich auf den Stuhl fallen und lege mich mit dem halben Oberkörper auf den Tisch. „Müde."

„Ich mach dir mal einen Kaffee."

„Oh ja", rufe ich aus. Während er an der Kaffeemaschine herumfummelt, ziehe ich die Kiste mit den Kochbüchern zu mir und sehe mir die Titel an.

„Und? Was Interessantes dabei?" Erst will ich verneinen, doch da entdecke ich ein altes Kochbuch, das ich noch von meiner Oma kenne. Freudig ziehe ich es raus. „Ja. Torten und Kuchen aus Kernobst, also mit Äpfeln, Birnen ..."

„Ich weiß, was Kernobst ist", gibt er amüsiert von sich und kommt zu mir.

Ich streiche über den Einband. „Das gehörte meiner Oma und ich habe die Kuchen daraus geliebt. Aber im Internet habe ich es nie gefunden."

Nicolas setzt sich neben mich. „Meine Oma hat immer einen Birnenkuchen gemacht. Der war auch saulecker."

Ich klappe das Buch auf. Doch die Blätter sind nicht mehr ganz. Angegriffen, von der Sonne ausgeblichen, Feuchtigkeit und Papierfresser haben ganze Arbeit geleistet. „Oh nein."

„Schade", sagt er und drück mich. „Hätte gerne von dir etwas gebacken bekommen."

Ich lehne mich bei ihm an und greife zum nächsten Buch. Doch alle sehen gleich aus. „Nicht toll." Das Einzige, was ich von dem ganzen Klimbim meines Stiefvaters behalten will – und das ist kaputt.

Die Kaffeemaschine ist fertig, er steht wieder auf, reicht mir eine Tasse mit Kaffee, wie ich ihn mag. Zwei Zucker und einen Schuss Milch. „Ich bring das gleich raus, damit es weg ist, nicht, dass der Container gleich abgeholt wird." Ich nicke ihm zu und ziehe den armotischen Duft der Bohnen ein. Als er sich mit seiner Tasse zu mir setzt, lehne ich mich wieder bei ihm an. „Wie lange hast du Urlaub?"

„Die ganze Woche. Genug Zeit, die Muskeln wieder zu entspannen. Oh Gott, ich hab Schmerzen an Stellen, da wusste ich nicht mal, dass man da Schmerzen haben kann."

Nicolas nimmt einen Schluck aus seiner Tasse. „Kann ich mir vorstellen. Ich meine, wir haben einen ganzen Tag nur geschleppt."

Ich blicke über die Schulter. „Aber du hast gar nichts."

„Liegt vermutlich daran, dass ich halt aktiver bin als du."

„In der Stadt brauchtest du das nicht sein."

„Vermisst du es?", fragt er und legt seinen Kopf auf meine Schulter.

„Manchmal sehr."

„Ich weiß, was deine Stimmung hebt."

„Ach, wirklich?"

Er lachte auf. „Definitiv sogar. Aber erst morgen, jetzt gehen wir auf das Sofa und schauen einen Film."

Am nächsten Tag beginne ich die entrümpelten Räume zu reinigen und gehe Farbe kaufen, damit ich drüberstreichen kann. Gerade als ich alles abgeklebt hatte, klingelt es. „Was hast du da?", frage ich Nicolas, der einen Karton in der Hand hält.

Grinsend hebt er ihn hoch, sodass ich da nicht dran komme. „Bekommst du später, aber was soll dieser Aufzug?"

„Streichen", sage ich. „Und nein, du hast genug geholfen."

„Mh, dann muss ich diesen …", er öffne den Deckel, „… leckeren …", der Geruch von warmen Birnenkuchen kommt mir in die Nase, „… Kuchen wohl alleine essen."

„Du bist fies."

„Na, komm schon, dann bist du schneller fertig."

Ich verdrehe die Augen. „Wie soll ich das denn wieder gutmachen?"

Wenn er so breit grinst, wie er es in diesem Augenblick tut, weiß ich, dass ich es hassen werde.

„Geh auf das Sommerfest mit mir und meinen Freunden."

Und ich habe recht. „Du weißt, dass ich das nicht mag."

Gemein wie er ist, wedelt er den Duft zu mir.

„Mann, okay, aber nur, wenn ich jetzt ein Stück als Belohnung bekomme."

„Klar", sagt er lachend und geht an mir vorbei in die Küche. „Kaffee dazu?"

„Kaffee geht immer, das weißt du doch." Nachdem ich die Tür zugemacht habe, folge ich ihm und gehe ihm zur Hand. „Wo hast du den Kuchen denn eigentlich her?", will ich wissen.

„Na ja, du warst so enttäuscht wegen des Buchs, da bin ich in der Pause zum Netto rein und habe Birnen sowie alles andere besorgt."

„Also hast du ihn gebacken."

Er nickt und legt ein Stück des Birnenkuchens auf den Dessertteller. „Hab dir doch vom Rezept meiner Oma erzählt."

Ich nicke.

„Nun, ich habe ihr so oft geholfen, daher kenne ich das Rezept auswendig."

Wir setzen uns – mit Kaffee und Kuchen. Er beobachtet mich genau, als ich ein Stück in den Mund nehme. „Und?"

„Lecker, kommt fast an den von meiner Oma ran."

Er lächelt und wirkt erleichtert. Ich lehne mich zurück, lege meine Füße auf seine Beine und esse weiter. Dass wir nicht gestrichen haben, ist daher kein Wunder. Ich mag es einfach zu sehr, mit ihm zu reden und mir es dabei gemütlich zu machen. Beim letzten Stück Kuchen habe ich einen Birnenkern im Mund. „Schau mal, Herr Koch."

Nicolas nimmt mir den Kern ab. „Den müssen wir jetzt einsäen."

Meine Augenbraue geht nach oben.

„Meine Oma hat immer gesagt, wenn man einen Kern findet, muss man ihn einpflanzen. Und wenn daraus ein Baum wird, dann bringt das Glück."

Ich sehe in meinen Garten, den wollte ich erst im Herbst entrümpeln. „Toll, die nächste Aufgabe", brumme ich.

„Morgen ist Freitag, wir haben also viel Zeit, um das gemeinsam zu erledigen."

„Und alles nur, weil du willst, dass ich deine Freunde kennenlernen."

„Felix kennst du doch schon."

Mein Gesicht beginnt wieder zu brennen. „Daran musst du mich nicht immer erinnern."

Er nimmt meine Hand. „Ich schwelge gerne in Erinnerungen."

Meine erste Eingebung: Alles vehement verneinen, aber im Grunde muss ich dann doch lachen. Es ist ja nicht so, als wenn unser damaliges Aufeinandertreffen nicht schön gewesen wäre, aber dass ich mich so mit ihm habe gehen lassen, ist mir als Erwachsene irgendwie peinlich. Er drückt leicht meine Finger. „Ich sehe es so, dadurch habe ich dich im Kopf behalten und wir wären jetzt nicht so befreundet."

„Da stimmt." Ich greife nach dem Kern. „Wenn daraus ein Baum wird, musst du mindestens zweimal im Jahr einen Birnenkuchen für uns machen." Er sagt nichts und ich habe das Gefühl, dass ich zu weit hinausgeschossen bin. Ich will aufstehen, aber er zieht mich zu sich, sodass ich auf seinem Schoss sitze.

„Abgemacht. Aber du weißt, was das heißt?"

„Was denn?", frage ich leise.

„Das du mich jetzt nicht mehr so schnell loswirst."

„Dann musst du hoffen, dass im Garten ein Birnenbaum blühen kann."

„Und wenn ich einen im Baumarkt kaufen gehe."

Daraufhin lache ich. „Ich werde dich daran erinnern."

Luna Day *lebt mit ihrer Familie in Augsburg.*

Baum mit heilsamen Energien

Ich bin dein kleines Birnenbäumchen,
meine Seele ist so rein.
Ich bin dein kleines Birnenbäumchen
will Freund und Helfer sein.
Lasst bitte meine Wurzeln stehen,
sie greifen tief ins Reich
und lasst auch meine Äste zeigen,
dorthin zum Himmelreich.
Ich nehm durch meine Äste auf,
die Energie vom Herrn,
ich geb sie weiter hier an euch,
ich mach das wirklich gern.
Ich bin dein kleines Birnenbäumchen,
meine Seele ist so rein.
Ich bin dein kleines Birnenbäumchen,
will Freund und Helfer sein.

Monika-Maria Ehliah Windtner, *Autorin, Kunsterschaffende, Bloggerin, wurde zur Sommersonnenwende Anfang der 60iger-Jahre im Herzen des Salzkammergutes geboren. Sie lebt in Oberösterreich, Nähe der Landeshauptstadt Linz. Schreiben ist für sie Lebenselixier und Lebens-ART. Regelmäßige Veröffentlichungen in Anthologien, Literatureditionen, verschiedenen Publikationen, sowie Radiobeiträge.*

Blühender Birnbaum

Birnenbaum, Blütentraum,
einmal nur im Jahreslauf
lebst du auf für kurze Zeit
in strahlend hellem Weiß.

Dein Abschied über Nacht
kommt viel zu früh,
doch sind wir Zeugen
einer Wiederkehr,
die ahnen lässt,
dass Glieder wir
in diesem Lebenskreis,
der uns hineinnimmt
in den Schöpfungsakt:

Geburt und Blühen,
Welken und Vergehen,
die Hoffnung
auf ein Wiedersehen.

Vorerst bleibt zurück
das Bild vom Birnbaum,
gehüllt in blendend
weißen Blütenschaum.

Wolfgang Rinn, *geboren 1936 und aufgewachsen in Tübingen, heute wohnhaft in Reutlingen, schreibt und veröffentlicht seit 1992 Lyrik und Prosa in Gedichtbändchen, Anthologien, Tageszeitungen, Zeitschriften und im Internet. Hobby: Musizieren mit Geige und Bratsche.*

Echt was in der Birne

Ich mag Alina, die Tochter meiner Nachbarn. Sie ist klug, hilfsbereit und weiß genau, was sie will. So auch jetzt. Gerade entscheidet sich nämlich, ob sie im Herbst auf das Gymnasium gehen darf oder eben nicht. Ihre Leistungen sind eigentlich gut, zumindest in Mathe, Englisch, Ethik, Kunst, Musik und Sport.

Mit Deutsch hat sie allerdings so ihre Probleme. Kein Wunder: Alina wohnt erst seit zwei Jahren in Deutschland. Sie ist – wie so viele – mit ihrer Mutter vor dem Krieg in der Ukraine geflohen. Schwierigkeiten hat das Mädchen mit den geflochtenen langen Zöpfen leider auch mit dem Sachunterricht. Der liegt ihr so gar nicht. Aber ich glaube, die Lehrerin ist auch speziell. Die wenigsten Schüler scheinen sie zu mögen, weil sie immer so viel von den Kindern verlangt. Sie gibt nicht gerade wenig Hausaufgaben auf und lässt ständig Tests schreiben. Alina muss jetzt auch noch für Frau Müller ein Referat über Birnen schreiben. Die Note soll dann mitentscheiden, ob das mit der Empfehlung für das Gymnasium klappen wird.

Mit ihrer Arbeit hat sich Alina deshalb in den letzten Wochen wirklich richtig viel Mühe gegeben. Sie hat im Internet Informationen über das gesunde Obst gesammelt. Über die verschiedenen Birnensorten, wo man die Bäume am besten pflanzt und was man dabei beachten muss. Ganz ehrlich: Ich wusste gar nicht, dass das leckere Obst ursprünglich aus Asien kommt und dass China immer noch am meisten davon hat. Deutschland schafft es weltweit dagegen gerade einmal auf Platz 32.

Neu war mir auch, dass es in Alinas Heimat eine Tomatensorte gibt, die *Ukrainische Birne* heißt. Ihre großen Früchte haben wohl eine Birnenform. Deshalb haben sie diesen Namen. Alina hat sogar Zeichnungen davon gemacht. Und sie hat tatsächlich das wohl bekannteste deutsche Birnen-Gedicht in Schönschrift abgeschrieben. Die Ballade *Herr von Ribbeck auf Ribbeck im Havelland* von dem Schriftsteller Theodor Fontane hat immerhin vier Strophen mit je zehn Versen und mehr. Neben dieser Fleißarbeit hat Alina für alle aus der Klasse Birnenkerne auf der Heizung getrocknet und in kleine bemalte Tütchen verpackt, damit jeder irgendwann seinen eigenen Birnbaum hat. Dafür muss man dann die Kerne auf ein feuchtes Papiertuch in einer verschließbaren Dose legen und warten, bis das Keimen beginnt. Danach werden sie in einen mit Erde gefüllten Topf gepflanzt.

Heute – einen Tag vor ihrem Referat – wollte Alina bei mir dann unbedingt noch einen Birnenkuchen backen, weil es bei ihr in der Wohnung nur zwei Herdplatten und keinen Backofen gibt. Das Rezept haben wir gemeinsam aus dem Internet herausgesucht. Es ist zum Glück nicht übermäßig schwierig, aber für die vielen Kinder aus Alinas Klasse und für Frau Müller braucht man allein 40 Birnen, die wir eben alle schälen, entkernen und in kleine Stücke schneiden mussten. Nicht ohne, das Ganze! Ich war wirklich überrascht, wie ausdauernd Alina dabei ist. Sie hat nur wenige Pausen gemacht, nicht einmal gemurrt und sich ziemlich geschickt angestellt.

Während wir jetzt darauf warten, dass das erste Backblech fertig wird, unterhalten wir uns. „Das riecht schon jetzt extrem lecker", schwärme ich. „Findest du nicht?"

„Ja. Aber da richtig viel Zucker drin. Nicht gesund", hält Alina sofort dagegen. Sie hat natürlich recht. Insgesamt verarbeiten wir heute rund anderthalb Kilogramm Zucker und auch genauso viel Butter.

„Es soll ja schließlich schmecken", entgegne ich. „Vor allem Frau Müller", schiebe ich lachend nach.

Alina schweigt. Sie scheint nachzudenken, ehe sie schließlich antwortet: „Die bestimmt nicht zufrieden, weil zu ungesund. Salat mit Ukrainische Birne wäre vielleicht besser gewesen. Egal, zu spät." Alina zieht die Stirn kraus. „Hoffentlich klappt mit Gymnasium."

„Das wird schon. Du hast dir wirklich so viel Mühe mit deinem Referat gegeben. Mehr geht einfach nicht. Wirklich!"

Alina seufzt und wirft zum wiederholten Mal einen Blick durch das Fenster des Backofens. „Birnen müssen schön aussehen. So richtig goldbraun. Frau Müller hat von glühende Birnen gesprochen."

Mir fällt vor Schreck fast die Teetasse aus der Hand. „Von was?"

„Von glühende Birnen", wiederholt Alina klar und deutlich.

„Ähm, hat sie von leuchtenden Birnen oder etwa von Glühbirnen gesprochen, Alina?"

„Ja, von Glühbirnen. Sag ich doch."

Oh nein. Das darf einfach nicht wahr sein. „Alina, kann ... es vielleicht sein, dass Frau Müller ein Referat über künstliches Licht, also über Lampen und Strom haben wollte? Und keines über Früchte?" Ich ahne Schreckliches.

Alina zuckt die Schultern. „Vielleicht", meint sie. „Aber doofes Thema. Obst viel besser. Also hab ich darüber geschrieben, aber erst, nachdem ich lange gegoogelt und nachgedacht habe."

Jetzt grinst Alina. „Frau Müller selbst gesagt, dass sie bei Note auf mein noch nicht so gutes Deutsch Rücksicht nehmt."

Alina unterbricht sich selbst, ehe sie mit einem Strahlen im Gesicht fortfährt. „In Deutsch hat Wort Birne ja viele Bedeutung. Obst, Bäume, Glühbirne. Die Müller wird morgen überrascht sein. Und die Kinder in meiner Klasse auch. Finden Kuchen bestimmt toll."

Wow. Für einen kurzen Moment bin ich wirklich sprachlos. Das Mädchen vor mir ist mit seinen zehn Jahren wirklich mehr als fit. Alina hat es echt drauf. Man könnte auch sagen, sie hat echt was in der Birne.

Ulli Krebs, *wohnhaft in Norddeutschland, 1965 in Düsseldorf geboren, Studium Sozialarbeit, Journalismus und PR, als freie Redakteurin tätig, Hobbyautorin, Veröffentlichungen von Gedichten und Kurzgeschichten in verschiedenen Anthologien sowie Publikation eines Regionalkrimis.*

Ode an den Birnbaum

Im Frühjahr stehst du in weißer Pracht,
als wären Eiskristalle zum Leben erwacht;
du strahlst mit der Sonne um die Wette,
wer wohl die prächtigere Robe hätte.

Die Blüten duften und locken von fern
Bienen herbei, doch es kommen auch gern
Fliegen dazu, um sich am Nektar zu laben
und bringen Blütenpollen als Gaben.

Und sobald die Blütenblätter verflogen,
sieht es aus, als wärst du betrogen
worden, um deinen schönsten Schmuck,
doch du hast vom Blühen für diesmal genug.

Hinter deinen Blättern versteckt
und vor neugierigen Blicken verdeckt,
wachsen die Früchte langsam heran,
bis Wetter und Zeit ihre Arbeit getan.

Wir pflücken die Birnen im Sonnenschein
und beißen gleich in die erste hinein:
hinter mürber Schale ist sie ganz süß,
als käme sie direkt vom Paradies.

Der Herbst bläst deine Blätter fort
über die Gärten, du scheinst verdorrt,
das Schneegewand ist glitzernd und kalt,
doch du wirst hundert Jahre alt.

Karin Endler, *geboren 1962, lebt in ihrer Geburtsstadt Wien.*

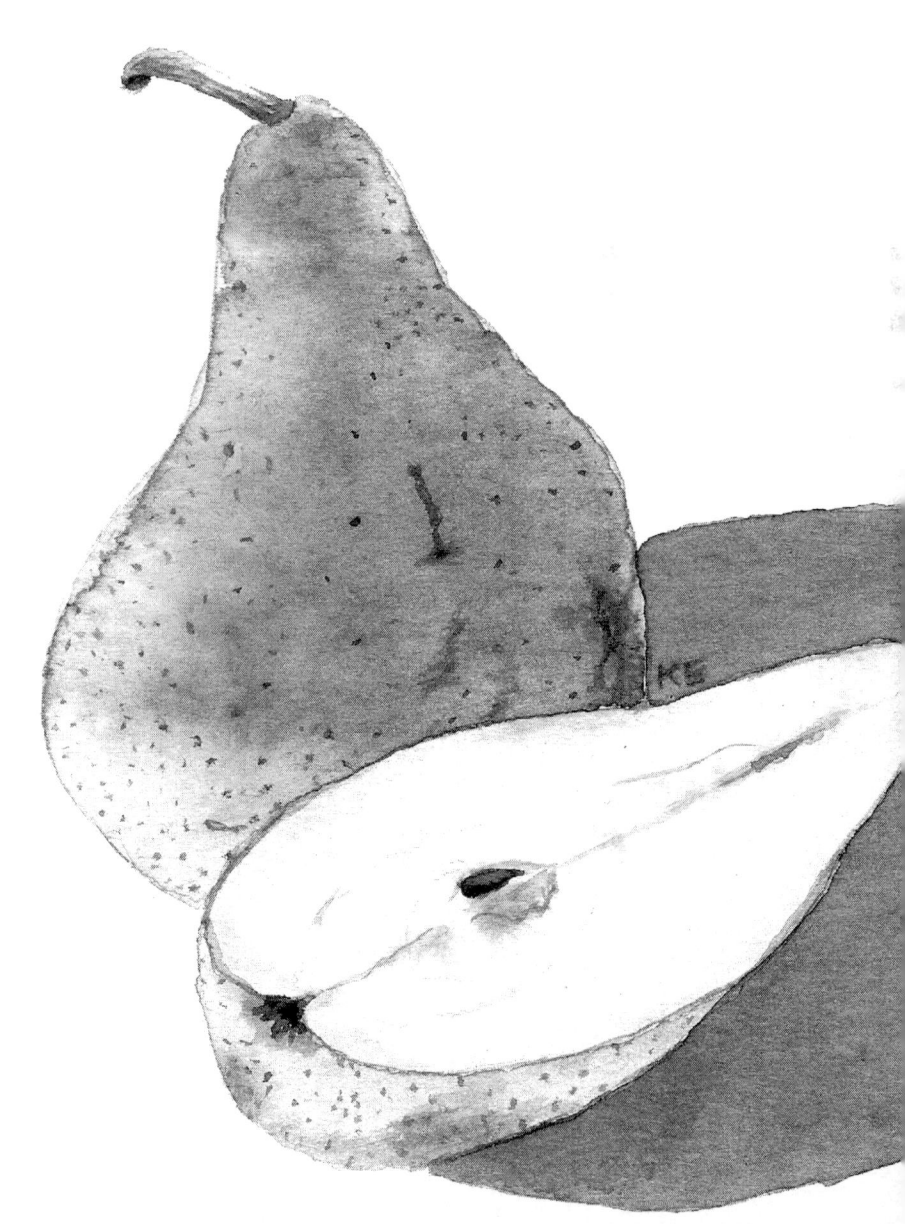

Prolog

Ein Birnbaum, hochbetagt im Holz,
ist auf seine Früchte stolz.

Diese sind von jener Sorte,
die die Poesie der Worte,
dem in Maße reichlich schenkt
der unterm Birnbaum sitzt und denkt.

Auch der Verfasser dieser Zeilen
tat unter diesen Baum verweilen.

So das, nachdem manch Frucht gepflückt,
hier und da manch Vers geglückt.

Hartmut Gelhaar, *Jahrgang 1948, Rentner, lebt in Wernigerode. Hat bereits in mehreren Anthologien veröffentlicht. Eigene E-Buch Publikationen, eigener Podcast unter YouTube: „Lyrik für die Ohren".*

Sofies Birnbaum

Nachdenklich ließ Sofie ihren Blick durch ihr neues Zimmer schweifen. Gestern ist sie mit ihren Eltern in eine neue Stadt gezogen. Warum? Wegen der Arbeit ihres Vaters. Wollte sie umziehen? Oh nein, ganz bestimmt nicht, sie hatte Freunde, war gut in der Schule und kannte sich aus. Hier kannte sie niemanden und das machte ihr schon ein wenig Angst.

„Werde ich neue Freunde finden?", fragte sie sich traurig. „Ich kenne hier niemanden, wieso konnten wir denn nicht einfach zu Hause bleiben?" Natürlich war ihr klar, dass ihre Eltern es nicht böse gemeint hatten mit dem Umzug, doch wirklich gefragt hatte sie auch niemand.

„Sofie? Kommst du bitte?", rief ihre Mutter aus der Küche.

„Ja, Mama, ich komme", antwortete sie, erhob sich langsam aus ihrem Bett und schlurfte missmutig zur Küche.

„Das Essen ist fertig", begann ihre Mutter, als sie Sofie sah. „Kannst du bitte den Tisch decken?"

„Hm", brummelte Sofie vor sich hin und natürlich bemerkte ihre Mutter, dass irgendetwas nicht stimmte. „Ich versteh schon, mein Schatz, du fühlst dich noch nicht richtig zu Hause, oder?"

„Ja, es ist alles so anders", gab Sofie zu.

„Vielleicht möchtest du später auf dem Dachboden spielen?", bot Sofies Mutter an. Sie kannte ihre Tochter einfach zu gut und wusste genau, dass die kleine Abenteurerin sofort darauf eingehen würde.

Das gemeinsame Abendessen zog sich für Sofie unerträglich in die Länge, denn sie konnte es absolut nicht erwarten, auf dem Dachboden nach unbemerkten Schätzen zu suchen. Dort oben musste es doch irgendein Abenteuer geben. Ein so altes Haus musste einfach ein Geheimnis haben.

Als sie endlich die Erlaubnis bekam, den Tisch zu verlassen, gab es kein Halten mehr. Wie ein Blitz schoss sie die Treppe hinauf, öffnete die alte Holzklappe, zog die Leiter aus und kletterte sie empor.

Oben angekommen, nahm sie die Taschenlampe, die ihr Vater direkt neben der Luke verstaut hatte, denn auf dem Dachboden gab es kein Licht. Sofie störte das nicht wirklich, Angst im Dunkeln hatte sie nicht, aber Schätze konnte sie nur finden, wenn sie sie auch sehen konnte. Also knipste sie die Taschenlampe an und ging bis zur hintersten Wand. Hier standen noch allerlei Kisten herum, deshalb musste sie unbedingt nach einem Muster vorgehen, sonst wüsste sie ja gar nicht, was sie schon alles durchsucht hatte.

In den meisten Kisten fand sie nichts besonderes, altes Gerümpel, das wohl aufgehoben wurde, in der Erwartung, es irgendwann wieder zu brauchen. Doch was sah sie denn da? Eine hölzerne Truhe mit Eisenbeschlag – wie eine Schatztruhe aus den Piratengeschichten. Kein Schloss daran, also öffnete sie sie und fand jede Menge Papier. Doch nicht einfach irgendwelche Papiere, nein, das waren Briefe.

Wie jedes andere Kind auch war Sofie unheimlich neugierig und so nahm sie sich die Briefe nacheinander vor. Jeden Abend, nachdem sie brav ihre Hausaufgaben erledigt hatte, durfte sie auf den Dachboden und ein paar davon lesen, zumindest bis es Schlafenszeit war. Bei einigen war das gar nicht so einfach, denn die Schrift war völlig ungewohnt und alt. Gerade diese zu entziffern, machte ihr aber am meisten Spaß.

Eines Tages jedoch entdeckte Sofie einen ganz anderen Brief. Dieser Brief war noch viel unleserlicher geschrieben als alle anderen vorher. Das Papier war wellig und die Tinte an vielen Stellen völlig verlaufen, sie begann ihn trotzdem zu lesen. Das Datum lag fast hundert Jahre zurück, und doch, aber das konnte doch gar nicht sein, er trug ihren Namen. Doch sie war sich sicher, da stand *Liebe Sofie*, hier musste schon einmal jemand gelebt haben, der so hieß wie sie.

Sie brauchte mehr Licht, Tageslicht am besten, also stürmte sie mit dem Brief in der Hand in ihr Zimmer. An ihrem Schreibtisch begann sie, ihn gründlicher zu untersuchen. Scheinbar war dieser Brief von ihrem Großvater, aber aus irgendeinem Grund, den der Brief nicht beschrieb, würde er ihn wohl niemals absenden. „Merkwürdig", dachte Sofie, „wieso schreibt man denn einen Brief, wenn man ihn nicht abschicken will?"

Sie las weiter, dieser Mann hatte für seine Enkelin am Tag ihrer Geburt einen Birnbaum gepflanzt. Ihr Blick ging sofort durchs Fenster in den Garten. Doch nicht etwa der mächtige Birnbaum da draußen? Noch wäre der Birnbaum zu schwach, doch er würde sich sehr freuen, wenn sie in einigen Jahren ihre Freude mit ihm haben würde.

Nachdenklich ging Sofie in den Garten zu dem Birnbaum, er war alt, das konnte man deutlich erkennen, und er trug köstliche Früchte. So beschloss sie, auf einen der niedrigeren Äste zu klettern und dort den Brief zu Ende zu lesen, denn obwohl das Abendessen schon beendet war, waren die Tage lang genug, dass noch ausreichend Licht auf den Baum schien.

Das tat sie die folgenden Tage immer, sie schnappte sich ein paar Briefe und las an ihrem neuen Lieblingsort, dem Birnbaum, den sie nach dem alten Mann benannte, dessen Briefe sie so gerne und so aufmerksam las. Alfons.

Für sie war dieser Baum nun wie ein Großvater und die Briefe wie die Erzählungen, denen Enkel so gerne lauschen. Sie liebte diesen Baum und es schien, als liebte der Baum sie auch, denn die schönsten und besten Birnen wuchsen in Griffweite um ihren Lieblingsast herum, sodass sie immer naschen konnte, während sie las.

Sie erfuhr, dass die Familie weit wegziehen musste und der Großvater deswegen oft sehr traurig war, denn er vermisste seine kleine Sofie sehr. Irgendwann gab es keine weiteren Briefe, sie hatte alle gelesen und wurde natürlich auch älter, aber ihre Bindung zu diesem Baum wurde immer stärker. Sie teilte alles mit ihm, auf seinem starken Ast lachte und weinte sie. Ihm konnte sie alles anvertrauen.

Als sie alt genug wurde, um zu Hause auszuziehen, schrieb sie selbst einen Brief und legte ihn in die Truhe, wer ihn eines Tages finden würde, würde wissen, dass sie am Fuß des Baumes eine Schatulle vergraben hatte als Zeitkapsel. Darin würden ihre Erinnerungen stehen, festgehalten auf Papier und im Schutz ihres besten Freundes Alfons, damit derjenige vielleicht genauso viel Freude am alten Birnbaum haben würde, wie sie es all die Jahre hatte.

Nun habe ich meine Gedanken in dieses Buch gelegt, vielleicht als Gute-Nachtgeschichte, vielleicht übst du damit Lesen und vielleicht, nur vielleicht, nimmst du dir Stift und Papier und schreibst deine eigene Geschichte für den Nächsten.

Nico Haupt wurde 1993 in Mannheim geboren. Er arbeitet hauptberuflich im Bereich der IT-Sicherheit, verfasste jedoch nebenbei Ende 2023 sein erstes Buch. Infos unter www.scrollforge.de.

Lebensabend

Ein alter Birnbaum, Moos besäumt,
knackst, wenn er von der Jugend träumt.

Erinnert sich an frisches Grün
und an sein allererstes Blüh'n.

Auch ihm und all den Nachbarbäumen
reiften nicht alle Blütenträume.

So lehrte sie die Jahreszeiten
Hochgefühle, Frost und Pleiten.

Jedoch die Frucht, die ihm gelungen,
hat man sich extra ausbedungen.

Er gab ein jedem, der da kam.
Bis dass die Zeit die Kraft ihm nahm.

Jetzt über seines Lebens Mitte
hätte ich für ihn die Bitte:

Wenn bald die Flamme von ihm nährt
dass man dann seine Asche ehrt.

Hartmut Gelhaar, *Jahrgang 1948, Rentner, lebt in Wernigerode. Hat bereits in mehreren Anthologien veröffentlicht. Eigene E-Buch Publikationen, eigener Podcast unter YouTube: „Lyrik für die Ohren".*

Neun neue Birnen

Sich denkt eine Birne im Traum:
„Gestört hats die Birne wohl kaum,
als man im Paradies
einfach hängen sie ließ,
bis als Fallobst sie lag unterm Baum."

Es heißt eine Birne Helene
genauso wie diese und jene.
Sie zwar nie sich beklagt,
doch halt manchmal sich sagt:
„Oft nach anderem Namen mich sehne."

Sich lobt eine Birne ihr'n Stil.
„Am Stiel häng' ich schick und grazil",
attestiert sie sich kess,
hält vom Sprichwort indes,
dass das Eigenlob stinkt, gar nicht viel.

Sich wirft eine Birne in Schale
für'n Auftritt in festlichem Saale.
Man zudem ihr versprach,
manches Obst würd' danach
auch dabeisein bei festlichem Mahle.

Es findet des Nachts eine Birne
sich schöner als all die Gestirne,
meint am Tag: „Überstrahl'
selbst die Sonn'. Mir egal!
Meinetwegen der Himmel mir zürne!"

Sich grämt eine Birne, die glaubt,
zu ähneln manch menschlichem Haupt.
Hofft sie als Optimist,
dass es doch nicht so ist,
wird die Hoffnung vom Glauben geraubt.

Erzähl'n eine Birne sich ließe,
dass sie eine unglaublich Süße.
Doch sie weiß nicht so recht,
sie Begehr'nde fragt: „Sprecht!
Ob wohl euren Genuss ich genieße?"

Es liegt eine Birn' auf der Bühn'
und mag sich dort noch so sehr müh'n.
Schaffen wird sie es nicht.
Sie kann spenden kein Licht
und beneidet die Birnen, die glüh'n.

's firmiert eine Birne als Lotte,
möcht' nie werden Teil vom Kompotte.
Auch am Mus möcht' sie nie
sich beteil'gen, weil sie
leise ahnt, was gescheh'n der Karotte.

Wolfgang Rödig *lebt in Mitterfels. Er hat bislang mehr als 800 belletristische Kurztexte in Anthologien, Literaturzeitschriften, Tageszeitungen, Magazinen und Kalendern sowie den Gedichtband „Punkt –Nach Komma, Strich und Faden" veröffentlicht.*

Der kleine Birnenwickler

„Was ist denn mit euch los, ihr schlaft ja noch gar nicht?", fragte Opa seine drei Enkel, die um diese Uhrzeit normalerweise tief und fest schliefen.

„Wir haben Angst vor morgen", antwortete der Älteste der Drillinge.

Und der Mittlere fügte hinzu: „Morgen müssen wir doch zum Schwimmkurs. Was, wenn wir nie schwimmen lernen?"

„Erzählst du uns eine Geschichte, Opa?", fragte der Jüngste. „Damit wir keine Angst mehr haben."

Da konnte Opa natürlich nicht Nein sagen. „Im fernen Land der saftigen Obstbäume lebte der kleine Apfelwickler Taaron in einer Birne. Das glaubt ihr nicht? Es ist aber tatsächlich so. Taaron war als kleine Babymade aus seinem gemütlichen Zuhause-Apfel gefallen, weil ein Vogel etwas zu heftig an dem rotbackigen Apfel geklopft hatte. In seiner großen Angst vor dem gefährlichen Vogelschnabel war Taaron eilig den nächstbesten Baumstamm hochgekrabbelt und hatte sich in eine Frucht gefressen. In eine Frucht, die sehr viel leckerer schmeckte als die, die er kannte. Das Fruchtfleisch war viel süßer und dichter als das des Apfels und das Kerngehäuse sah aus wie ein Herz. Die Kerne waren glatt und wohlgeformt, sodass Taaron sich gemütlich daran anschmiegen konnte. So war der kleine Apfelwickler also in einer Birne gelandet.

Irgendwann war aus dem kleinen Babywurm ein großer Apfelwickler geworden, und wenn Taaron hin und wieder aus seiner Birne herauskroch, um die Sonnenstrahlen zu genießen, dann winkte er den anderen Würmern zu, die sich auf ihren Äpfeln sonnten. Aber die anderen Apfelwickler winkten ihm nicht zu. Hochnäsig schüttelten sie die Köpfe und lachten ihn aus. Ein Apfelwickler, der in einer Birne lebte … Mit so jemandem wollten sie nichts zu tun haben.

Das stimmte den kleinen Birnenwickler – wie er sich selbst gern nannte – natürlich traurig. Er hatte nämlich ein Auge auf die hübsche Rosa geworfen, die immer ein rosa Schleifchen in den Haaren trug und in einem rotbackigen Apfel auf dem Nachbarbaum lebte. Am Anfang hatte sie zurückgelächelt, als Taaron ihr winkte, doch rasch waren andere Apfelwickler zur Stelle und redeten wild auf sie ein, bis sie sich in ihr Apfelhaus zurückzog. Seit diesem Tag schickte sie nur noch hin und wieder verstohlene Blicke hinüber zu Taaron auf seiner goldgelben Birne, doch sein Winken blieb unerwidert.

An einem trüben Septembertag saß der mittlerweile gar nicht mehr so kleine Birnenwickler wieder einmal draußen und beobachtete den Himmel. Dasselbe taten auch die Apfelwickler und die hübsche Rosa. Taaron war so abgelenkt von seinen Träumereien mit der schönen Apfelwicklerdame, dass er erst gar nicht merkte, wie es zu tröpfeln begann. Die anderen Würmer zogen sich bereits in ihre Apfelbehausung zurück, doch Taaron wollte so lange bleiben, wie Rosa draußen blieb. Die Regentropfen wurden immer größer und zahlreicher und die Wolken dichter und schwerer. Ein Sturm zog auf und mittlerweile war es recht unangenehm an der frischen Luft, doch Rosa und Taaron genossen es, dass die anderen in ihren Früchten verschwunden waren und sie beide sich ungestört anschauen konnten. Der Regen sammelte sich in Pfützen, die immer größer wurden und sich langsam zu einem Fluss vergrößerten. Da geschah es, eine kräftige Windböe zerrte an den Ästen der Obstbäume und riss alle Äpfel und Birnen zu Boden. Die schweren Äpfel, die nicht auf dem Wasser schwimmen können, sanken langsam zu Boden und die Würmer riefen verzweifelt um Hilfe. Birnen haben eine andere Konsistenz und schwimmen im Wasser und deshalb paddelte Taaron zu den untergehenden Äpfeln und half den armen Würmern zu sich auf die sichere Birne. So rettete Taaron einen Apfelwickler nach dem anderen vor dem Ertrinken, nicht zuletzt auch die schöne Rosa.

Von diesem Tag an lachte ihn keiner mehr aus und die hübsche Rosa gab ihm sogar einen Kuss als Dankeschön. Und was lernen wir aus der Geschichte?", fragte Opa zum Abschluss. Ratlose Gesichter der Kinder. „Na, wenn sogar Birnen schwimmen können, dann werdet ihr das auf jeden Fall auch lernen! Und jetzt gute Nacht und träumt was Schönes."

Stephanie Hope *ist Grundschullehrerin und Theaterpädagogin. Infos und Lesematerial gibt es unter www.stephanie-hope.com.*

Der Birnenbaum in unserem Garten

Im Garten hinter unserem Haus
Steht ein Birnenbaum und sieht sehr schön aus
Wenn im Frühling die Natur wieder erwacht
Erscheint er in seiner ganzen Blütenpracht
Im Sommer spendet er uns Schatten
Wir liegen darunter auf gemütlichen Matten
Wenn im September der Herbst beginnt
Pflücken wir alle Birnen geschwind
Oma wird daraus wieder Marmelade machen
Für Weihnachtskekse und andere leckere Sachen
Und wenn es draußen schneit und wird bitterkalt
Dann wird er von Lichterketten hell erstrahlt
Um im neuen Jahr uns wieder Freude zu bringen
Wenn die Vögel beginnen ihre Lieder zu singen.

Kathrin Samar *ist das Pseudonym einer österreichischen Schriftstellerin. Sie lebt gemeinsam mit ihrem Mann und ihren beiden Söhnen sowie einigen Haustieren in Niederösterreich. Bereits als Teenager liebte sie es, Gedichte und Kurzgeschichten zu verfassen. Inspiriert durch ihren Sohn, der selbst begonnen hat, Kurzgeschichten zu schreiben, fand sie 2024 den Mut, ihren ersten Liebesroman „Wenn aus Zufall Schicksal wird" zu veröffentlichen. Weitere Werke sind in Planung. Mehr darüber findet man auf ihrem Instagram Profil kathrin.samar.autorin.*

Die Birnenmade

In einer Birne kräftig knackig
wohnt eine Made klein und nackig.
Sie stopft viel Fruchtfleisch in sich rein,
weil sie so traurig und allein.

Die Sehnsucht nach dem andern Du,
die lässt sie fressen immerzu.
Sie beißt sich durch der Birne Pelle,
schaut in das Sonnenlicht, das helle.

Entdeckt viel Birnen ringsumher
drauf krabbeln Maden hin und her.
Doch keine kann zur andern hin.
Die Stimmung sinkt. Wo liegt der Sinn?

„Vielleicht bringt ein Kokon uns Glück?"
Schnell zieh'n sie sich darin zurück.
Und träumen wundersame Sachen,
bis sie als Schmetterling erwachen.

Barbara Merten hat sich schon als Kind Geschichten ausgedacht, nicht immer zur Freude der Eltern. Als ihre eigenen vier Kinder erwachsen waren, begann sie mit dem Schreiben von Kinderbüchern, Gedichten, Kurzgeschichten und Krimis für Erwachsene. Ihr neuestes Kinderbuch: „Knubbel-Karl, Planet Toffel in Gefahr" hat sie ihren vier Enkelkindern gewidmet.

Ein Birnbaum – mitten in der Stadt

In einem Garten, urban und frei,
Wächst eine Birne wie nebenbei.
Zwischen Beton und Straßenlärm
Findet sie ihren eigenen Stern.

Mit grünem Kleid und gold'nem Glanz
Trotzt sie der Stadt, führt ihren Tanz.
Ihr Duft schwebt sanft durch den Asphalt,
Ein Hauch Natur im Betonwald.

Sie reift im Rhythmus der modernen Zeit,
Kein Land, kein Feld, doch voller Geleit.
Ihr Saft, so süß, ihr Fleisch, so zart,
Ein urbaner Schatz, der uns bewahrt.

Zwischen Glas und Stahl steht sie,
Ein Sinnbild von Resilienz und Fantasie.
Sie erzählt von Regen und Sonnenschein,
Von Wachstumswillen, stark und rein.

Sie nährt die Seelen, still und stumm,
Ein Stück Natur im Stadtgetümmel drum.
Jeder Bissen, ein kleines Fest,
Ein Gruß vom Baum, der uns ermäßt.

So lebt die Birne, modern und klar,
Ein Zeuge, dass das Leben wunderbar.
Im urbanen Garten, inmitten der Zeit,
Findet sie ihre eigene Ewigkeit.

Fiona Walter, *22 Jahre alt, aus Oberschopfheim, hat BWL studiert.*

Die Erleuchtung

Paul war verzweifelt. Er hatte seinen ersten Verlagsvertrag abgeschlossen und ihm fiel nichts ein. Frustriert legte er seinen Kopf auf den Tisch und schloss die Augen.

Paul blickte sich verwirrt um. Wo war er denn jetzt gelandet? Alles war finster. Vorsichtig tastete sich Paul vorwärts. Doch da war nirgends eine Wand. Was für ein seltsamer Ort. Paul tastete sich weiter, bis er plötzlich gegen etwas Festes stieß. Vorsichtig befühlte er das Objekt. Das musste ein Baum sein. Alle seine Sinne legten es nahe, es fühlte sich wie Rinde an und es roch auch so und Blätter raschelten beim Gehen.

Das waren ja tolle Aussichten. Er war in einem finsteren Wald unterwegs. Hoffentlich gab es hier keine wilden Tiere. Beklommen blickte er sich um. Was sollte er nur tun? Er hob den Kopf, um wenigstens die Richtung bestimmen zu können, in die er ging, doch es war kein Mond zu sehen! Nur die Sterne funkelten am Firmament. Wie sollte er sich denn hier zurechtfinden?

Vorsichtig tastete er sich vorwärts. Warm war es auch nicht gerade. Vielleicht konnte er ja Feuer machen. Allerdings kannte er das auch nur aus seinen Recherchen, er hatte noch nie ein Feuer ohne Feuerzeug gemacht. Man musste nehmen, was man bekam. Vorsichtig tastete er sich weiter. Doch was war das? In der Ferne vermeinte Paul, ein schwaches Glühen zu erblicken. Neugierig lief er weiter, immer auf das Glühen zu.

Mit einem Mal erstarrte Paul. So etwas hatte er ja noch nie gesehen! Ein Birnenbaum reckte sich vor ihm in den Himmel. Doch so ein Exemplar hatte er noch nie gesehen – und mit Bäumen kannte er aus. Es war ein Glühbirnenbaum! Die Früchte, die er trug, leuchteten in verschiedenen Farbtönen! Manche Früchte waren durchsichtig, andere nicht. Da kamen plötzlich die seltsamsten Insekten, die Paul je gesehen hatte. Fünf Beine umrahmten einen flachen, breiten

Körper. An deren Enden waren kleine Widerhaken. Die Kreaturen setzten sich auf die Glühbirnen und schlugen mit ihren Flügeln, was sie in Drehung versetzte. Verblüfft beobachtete Paul, wie sie einige der Glühbirnen aus der Fassung drehten und dann damit wegflogen. In welch seltsamem Land war er nur gelandet? Mit einem Mal raschelte es im Glühbirnenbaum.

„Hilf uns! Die Dreher töten uns", wisperte es.

Wie vom Donner gerührt blickte der Angesprochene den Baum an. Er sollte wohl mal mit einem Psychiater sprechen, wenn er schon Bäume sprechen hörte. Gut, das war eben ein Traum.

„Wer sind denn die Dreher und warum töten sie euch?", wollte der Schriftsteller wissen.

„Sie drehen die Birnen aus den Fassungen und stehlen sie. Ohne die Glühbirnen müssen wir sterben", erklärte der Baum.

Der Autor war immer noch völlig fasziniert von dem sprechenden Glühbirnenbaum. „Was kann ich tun?", erkundigte sich Paul besorgt. Gerne würde er dem Baum helfen, aber das war leichter gesagt als getan. Irgendwie hatte er das Gefühl, dass die Dreher sich nicht so einfach vertreiben ließen.

„Du musst die Birnen zurückholen und wieder in unsere Fassungen drehen", verlangte der Baum.

Na, das konnte ja heiter werden. „Wohin bringen die Dreher die Birnen?", erkundigte Paul sich verzagt.

„Sie bringen sie in eine Höhle am Rande unseres Waldes", gab der Baum zur Antwort.

Paul verzog das Gesicht. Das bedeutete, dass er sich auf eine Wanderung einstellen musste. Wenn er nicht schon schliefe, würde es eine schlaflose Nacht werden. „Ich werde es versuchen", willigte er widerstrebend ein.

Paul hatte sich einen stabilen Ast gesucht. Das Holz der Glühbirnenbäume war erstaunlich robust. Selbst wenn es abstarb, war es so hart wie Eisen. Er hätte es nicht absägen oder abhacken können. Jetzt wartete er auf die Insekten.

Da hörte er ein Summen. Da waren sie! Doch was war das? Wenn er bisher nur einzelne Dreher in dem Glühbirnenwald gesehen hatte, so kam es jetzt ein ganzer Schwarm geflogen. Die Dreher stürzten sich auf die Glühbirnenbäume. Mit aller Kraft prügelte Paul auf die ekelhaften Insekten ein. Mit einer Mischung aus Freude, Ekel und Schuld sah er, wie die Kreaturen unter seinen Schlägen starben. Einerseits taten sie ihm leid, andererseits durften sie nicht die Glühbirnenbäume töten!

„Ein Wissender! Einer, der aus dem Reich der Fantasie kommt! Wir müssen ihn aufhalten!", summten die Dreher plötzlich deutlich vernehmbar.

Das klang aber gar nicht gut. Schon umschwärmten sie ihn und bissen ihn mit ihren scharfen, zahnbewehrten Mäulern und kratzten ihn mit ihren krallenartigen Beinen. Paul schlug mit aller Kraft um sich. Ein Dreher nach dem anderen fiel seinen Schlägen zum Opfer, aber die Bisse der Insekten schmerzten und nach kurzer Zeit war sein Körper übersät mit Pusteln. Paul wehrte sich mit aller Kraft. Bald schon lagen die Dreher tot zu seinen Füßen. Er fühlte sich elend. Bestimmt waren die Bisse der Dreher giftig. Doch Paul war noch nicht fertig. Er musste die Glühbirnen finden und wieder in die Bäume drehen. Mit einem Mal summte es und einer der tot geglaubten Dreher erhob sich und floh. Das war die Gelegenheit! Paul folgte ihm eilig.

Paul wusste nicht, wie lange er hinter dem Dreher hergerannt war. Das Vieh war schnell. Er fühlte sich auch nicht besonders gut. Da verschwand der Dreher in einer Höhle. Eilig lief er hinterher. Überall wimmelte es vor Drehern. Glühbirnen lagen überall herum, zum Teil steckten sie in den Wänden und leuchteten von dort aus.

Da sah er, wie die Dreher offenbar eine der Glühbirnen anstach und das Leuchten aus ihnen heraussaugte. Was sollte Paul denn jetzt nur tun? Er musste den Glühbirnenbäumen doch helfen. Doch kaum hatte er das auch nur gedacht, als sich alle Dreher wie eine Person zu ihm umdrehten und ihn von allen Seiten umschwärmten.

„Lass uns in Ruhe, Eindringling!", summten die Dreher vernehmlich.

Verblüfft hielt Paul inne. „Warum stehlt ihr den Glühbirnenbäumen die Birnen? Sie sterben daran!", erwiderte er.

„Die Bäume rauben mit ihren Wurzeln unser Wasser. Wir verdursten. Nur wenn wir einen Teil der Bäume sterben lassen, können wir überleben. Wir brauchen die Glühbirnen, weil in ihnen der Lebenssaft unserer Welt ist, den die Bäume an sich reißen. Dürfen wir nicht leben?", erklärte das Schwarmbewusstsein der Dreher.

So hatte Paul das noch gar nicht gesehen. Wie sollte er sich nur

69

entscheiden? „Also schön, ich lasse euch die Birnen, wenn ihr versprecht, dem Wald nicht zu viel abzuverlangen!", versprach er.

Der Schwarm summte laut auf. „Wir werden für ein Gleichgewicht sorgen", erwiderte er.

Damit konnte er leben.

„Nimm diese Birne. Sie wird dir helfen", bestimmte die Schwarmintelligenz und einer der Dreher überreichte Paul eine der Glühbirnen. „Danke", sagte er trocken. Was sollte er denn damit? Plötzlich wurde die Birne ganz heiß und Paul ließ sie fast fallen, doch irgendwie konnte er sie nicht loslassen. Er stieß einen gellenden Schrei aus.

Schreiend erwachte Paul. Was für ein verrückter Traum. Was so eine Schreibblockade doch alles anrichten konnte. Verwirrt blickte er sich um. Er war an seinem Schreibtisch eingeschlafen. Verbittert blickte er auf das Blatt. Eine wirkliche Idee hatte er immer noch nicht, es sei denn, man betrachtete diesen irren Traum als Idee.

Verwirrt schüttelte er den Kopf und erstarrte. Neben seiner Tastatur lag eine Glühbirne. Er nahm sie in die Hand. Da leuchtete sie. Paul schnappte nach Luft. Eine Flut an Ideen brandete durch seinen Kopf. Die Glühbirne der Glühbirnenbäume hatte ihm die Erleuchtung gebracht. Er wusste ganz genau, was er schreiben musste. Schnell legte er die Birne beiseite. Endlich war seine Schreibblockade zu Ende.

Florian Geiger, *wohnhaft in Lörrach, geboren am 10. Februar 1982 in Heidelberg, schreibt seit seiner Kindheit gerne Geschichten, besonders aus den Bereichen Science-Fiction und Fantasy. Bisher konnte er Kurzgeschichten in verschiedenen Verlagen veröffentlichen. Website: https:// floriantobiasgeiger.jimdofree.com, Friendica im Fediversum: https:// opensocial.at/profile/anarcheron.*

Taschen voller wilder Bäume

Herbst.
Oktober.
Graue Gewänder am Himmel.
In den Wolken spazierte der Regen und der war klar und lebendig darin. Blätter brannten mit letzterer Farbe an den Wurzeln.
Am Boden.
Kalt.
Im Walde.
Nahe dem Wege meiner Füße steht ein Birnenbaum. Ohne die warme Decke eines Gartens. Kein Birnenhüter am knorrigen Holz. Gelegentlich nur eine Sammlerseele. Da hängen aufgereiht die Birnen und die sind grün und wild. Die tragen Schale und die ist rau und von manch einem Vogel geküsst.
Kerne.
Nächste Bäume.
Dem Fruchtfleisch nah.
Nah dem Herzen.

Der Mantel ist schwer und nebelnass und die Nüsse sind trocken darin. Platz soll gemacht sein. In den Taschen. Für Nüsse und Birnen und wilde Bäume. Nach Haus getragen und für die nächsten Jahre sind sie nun. In Erde gelegt und mit Dauer gewachsen. Auf die nächsten Sammler warten sie – und die kommen, und zwar im Herbst.

Tim Tensfeld, *geboren 1999 in Bad Oldesloe. Er lebt derzeit in Trittau im ländlichen Stormarn und ist ein junger deutscher Schriftsteller und Lyriker. Tensfeld wuchs in Trittau im Kreis Stormarn (Schleswig-Holstein) auf, wo er nach einigen Jahren Aufenthalt in Herzogtum-Lauenburg nun wieder wohnt. Seit Oktober 2021 veröffentlicht er regelmäßig Kurzgeschichten und Gedichte.*

Der Herbstwind
und seine Zauberbirnen

Immer im Oktober, wenn die Blätter von den Bäumen segeln, kommt mich der Herbstwind mit zwei Zauberbirnen besuchen. Lach nicht, die Geschichte ist wirklich wahr.

Du musst dir vorstellen, mein Zimmer liegt im Erdgeschoss und manchmal setze ich mich in der Dämmerung auf das Fensterbrett und schaue zu, wie es im Garten dunkel wird. Es ist ein geheimnisvoller und wunderbarer Garten.

Es gibt da eine Geschichte in unserer Familie, die handelt von einer Tante Linda. Es heißt, sie sei in den Baumstamm vom alten Kirschbaum hinten im Garten geklettert. Und stell dir vor, sie ist erst Monate später wieder herausgekommen! Das ist der Beweis, dass unser Garten wirklich sehr besonders ist.

Wenn ich am Abend auf dem Fensterbrett sitze, kommt meine Mutter ins Zimmer und sagt: „Runter vom Fensterbrett, Paul, und hinein ins Bett. Deine Träume kommen im Schlaf." Dann deckt sie mich mit meiner bunten Decke ordentlich zu und geht aus dem Zimmer.

Aber ich muss nicht mehr schlafen, um Abenteuer zu erleben. Nicht, seit mich der Herbstwind besucht. Vor zwei Jahren kam er zum ersten Mal zu mir. Es war schon sehr dämmrig im Zimmer und ich lag im Bett. Plötzlich fegte ein Windstoß durch das Fenster und der ganze Raum begann, nach Birnen und Zucker zu duften.

Du fragst, wie er aussieht. Nun, der Herbstwind sieht aus wie ein Vogel. Blau ist sein Körper und bedeckt mit roten, gelben und blauen Blättern. Und in seinen Krallen hält er immer zwei Zauberbirnen.

Damals fragte mich der Herbstwind: „Warum schläfst du, wenn draußen die Nacht so wunderschön ist?" Er ließ eine der Birnen auf das Bett fallen und ich griff nach der reifen Frucht. „Nimm einen Bissen", sagte er Herbstwind. „Ich werde dir die Wunder der Welt zeigen."

Da habe ich einfach in die Birne gebissen. Es war die köstlichste Birne meines Lebens. So reif war sie, dass mir der Saft über das Kinn geronnen ist. Mein ganzer Mund hat von dem zauberhaften Geschmack geprickelt.

Soll ich dir sagen, was dann passierte? Na gut. Ich fühlte, wie mein ganzer Körper leicht und leichter wurde. Gerade noch konnte ich meine Bettdecke fassen, bevor mich der Herbstwind aus dem Zimmer zog und hinauf in den dunklen Himmel. Unser Haus und der Garten wurden zu einem kleinen schwarzen Punkt, der bald verschwand.

Bei jedem Besuch fliegt der Herbstwind mit mir um die ganze Welt. Ich sehe Wale in kalten Meeren tauchen, ich habe Tiger in verschneiten Wäldern gesehen. Ich habe gesehen, wie der Sand der Wüste im Mondlicht leuchtet.

Weißt du, der Herbstwind hat ein eigenes Reich unter dem Himmel. Dort funkeln Tausende Sterne und dort wachsen noch viel mehr Bäume mit Zauberbirnen. Und alle sind so saftig und prickelnd wie die, die ich gekostet habe.

Wenn wir unsere Reise beendet haben, bringt mich der Herbstwind zurück in mein Zimmer. Er gibt mir die zweite Zauberbirne. Dann schlafe ich ein. Aber meine Träume sind nicht annähernd so bunt wie meine Ausflüge mit dem Herbstwind.

Bald ist wieder Oktober. Dann ist es so weit und ich kann die Zauberbirnen des Herbstwindes kosten, seine bunten Flügel bestaunen und die Wunder der Welt bei Nacht sehen.

Glaub mir ruhig!

Viktoria Haas *ist in Kärnten aufgewachsen und hat schon früh Geschichten geschrieben. Neben ihrem Studium ist sie viel in der Natur unterwegs. Sie liebt die Farben des Herbstes und fotografiert viel, auch den ein oder anderen Birnbaum.*

Unbeliebt

Die Birne?
Sie will einfach nicht so richtig in mein Hirn!
Denn im Alltagsgeschäft ist sie kaum drin.
Im Herbst hängt sie draußen nahezu unscheinbar am Baum:
grünliche Frucht am grünen Baum.
Man sieht sie kaum.

Auch Birnenkuchen isst man nicht allzu oft,
obwohl er schmeckt sehr erfrischend, fruchtig und soft.
Die Birne ist einfach nicht allzu beliebt,
sie wird nicht von jedem geliebt.
Denn nicht jeder sie verträgt,
so manchem sie auf den Magen schlägt.

Die Birne erscheint so erst mal recht unbeliebt …
Und doch ist sie etwas ganz Besonderes!
Eigentlich sieht sie ja ganz nett, gar einzigartig aus
– insbesondere auch die drinnen im Haus!

Da hängt nämlich im Flur in der einen Ecke
noch eine uralte Leuchte mit Glühbirne oben an der Decke.
Die Glühbirne leuchtet sehr sanft und warm,
verbraucht dabei aber viel Strom und macht einen so arm.
Als Stromfresser ist sie daher äußerst unbeliebt
und wird als Leuchtmittel heutzutage gar nicht mehr geliebt.
Aber als Erinnerungsstück bleibt sie auf jeden Fall beliebt
und bereitet an frühere Zeiten ein warmes Gefühl.

Auch meine Birne – äh … mein Kopf – jetzt glüht,
je mehr ich über all die Arten von Birnen nachdenke
und ihnen jeweils besonders gedenke.

Ja, die Birne, das ist jetzt das Motto …
So sehe ich just doch noch vom letzten Frühjahr ein Foto
auf dem ein Birnenbaum herrlich schneeweiß blüht
und gemeinsam mit dem Frühling die Welt freudig grüßt.

Juliane Barth, *Jahrgang 1982, lebt im Südwesten Deutschlands. Sie schreibt als Hobby seit jeher sehr gerne, u. a. Gedichte, Kurzgeschichten und Sachtexte. Veröffentlichungen in diversen Anthologien: www.sacrydecs.hpage.com.*

Der Birnendieb

Es war einmal ein Zauberer, der hatte einen Birnenbaum in seinem Garten, der jedes Jahr im Herbst immer große saftige Birnen trug. Der Zauberer war sehr stolz auf seinen Baum und freute sich jedes Mal aufs Neue darauf, die Birnen zu ernten und Gelee aus ihnen zu machen.

Bei der diesjährigen Ernte fiel dem Zauberer jedoch etwas auf. Es waren deutlich weniger Birnen, als er erhofft hatte. Zunächst dachte er, dass er sich verschätzt haben müsste, aber als er später Reste von gegessenen Birnen in seinem Garten fand, wurde ihm klar: Jemand anders hatte sich an seinen Birnen bedient. Ein Dieb.

Der Zauberer war darüber so verärgert, dass er beschloss, den Dieb selbst zu fangen, indem er ihm eine Falle stellte. Er baute die Falle direkt unter dem Birnenbaum auf. Schon am nächsten Tag hatte der Zauberer Glück und die Falle schnappte zu. Der Zauberer war überrascht, über das, was er im Käfig vorfand. Es war ein Affe.

„Du bist derjenige, der meine Birne gestohlen hat?"

„Es tut mir leid, Zauberer. Ich habe die Birne nur gestohlen, damit meine Familie etwas zu essen hat", sagte der Affe schuldig.

Der Zauberer war etwas überrascht, als er das hörte. „Du hast eine Familie?" Der Affe nickte. Als der Zauberer das hörte, tat ihm der Affe auf einmal sehr leid, aber er wusste auch, dass der Affe ihn genauso gut anlügen konnte.

Er dachte eine Zeit lang darüber nach, was er nun tun sollte. Dann kam der Zauberer zu einem Entschluss. Er öffnete den Käfig. „Gut. Ich mache dir einen Vorschlag. Wenn du die Wahrheit sagst, lasse ich dich gehen, aber wenn du mich anlügst, verwandele ich dich in eine Teekanne. Bring mich zu deiner Familie."

Der Affe kletterte aus dem Käfig heraus. „Ich danke dir, werter Zauberer."

Nachdem er sich bedankt hatte, führte der Affe den Zauberer in eine Gasse, wo er und seine Familie lebten. Sie lag ein gutes Stück weg vom wunderschönen Garten des Zauberers – in der Stadt, wo eine Menge Autos fuhren und alles in Grau getunkt schien. Ein ekliger Geruch schoss in die Nase des Zauberers. Überall lagen Müll und Essensreste, in denen die kleinen Kinder des Affen spielen, schlafen und leben mussten.

„Hier lebst du mit deiner Familie?", fragte er.

Der Affe nickte. „Etwas anderes können wir uns nicht leisten. Es gibt nicht viele Menschen, die sich mit Affen ihr Haus teilen möchten."

Je mehr sich der Zauberer in der Gasse aufhielt, desto schlechter fühlte er sich. Zuzusehen, wie die Kinder des Affen in dem Dreck anderer spielten und aufwachsen musste, brach ihm das Herz. Irgendwie musste er ihnen helfen. Schließlich kam dem Zauberer wieder eine Idee.

„Ich möchte dir und deiner Familie einen Vorschlag machen. Wie wäre es, wenn ihr in meinen Garten zieht? Ihr könntet dort wohnen und mir jedes Jahr bei der Ernte helfen."

Der Affe und seine Familie waren überglücklich über das Angebot des Zauberers. Dankend nahmen sie es an. Sie packten die wenigen Sachen, die sie hatten, und kehrten mit dem Zauberer in den Garten zurück, wo ihnen der Zauberer ein wunderschönes kleines Haus zauberte, in dem die Affenfamilie von nun an leben konnte.

Von diesem Tag an lebten sie alle glücklich bis an ihr Lebensende zusammen– mit genug Birnen für sie alle. Und wenn sie nicht gestorben sind, dann leben sie noch heute.

Lina Sommerfeld, 1996 geboren, studiert zurzeit in Saarbrücken. Sie schreibt seit ihrer Kindheit ihre eigenen Geschichten und ist generell im Fantasy-Genre unterwegs. Einiges ihrer Kurzprosa wurden bereits veröffentlicht.

Der Morgen-Birnen-Ritus

Als Jenny morgens eine Birne aß,
sie schnell mal schon den Stress vergaß,
denn vor der Schule sie verdrücken,
bereitete ihr unbändiges Entzücken.

Niemals mochte sie die gänzlich weichen,
die zu pappigen Fingern lediglich gereichen,
viel lieber als die saftig-süßlichen Birnen essen,
bei den harten-festen die knappe Zeit vergessen.

Kein Apfel konnte ihr das Erlebnis je bescheren,
so viel Frucht bis hin zum Kernhaus zu verzehren,
die Birne aber ließ es zu, fast alles zu vernaschen dran,
vom kärglichen Innenleben war Jenny wahrlich angetan.

Nie wie bräunliche Banane, überreifer Matsch,
im Rucksack zerdrückt, entsorgt wie Kaffeesatz,
stets ein wohlschmeckender Begleiter, auch robust,
sie zu verspeisen, drauf hatte Jenny beinah immer Lust.

Während sie verglich und über ihre Birne nachsann,
eilends bis zum Schulgong jede Sekunde nun verrann,
die Mutter machte ständig Druck und mahnte,
doch Jenny genoss, auch wenn ihr mächtig Ärger schwante.

Oliver Fahn *wurde 1980 im oberbayerischen Pfaffenhofen an der Ilm geboren. U. a. wurden seine Texte bei DUM, eXperimenta, Poets of the New World, etcetera, & Radieschen, von der Stadt St. Pölten und der Friedrich-Naumann-Stiftung veröffentlicht. Zudem nimmt Fahn mit der Autorin Polina Jäger mit gemeinschaftlichen Projekten an Wettbewerben teil.*

Die kleine Birne

Stolz stand der große Baum da, umgeben von Feldern, auf denen Weizen, Roggen und Gerste wuchsen. Viele Blätter hingen an seinen Ästen, aber leider nicht so viele Früchte wie sonst, denn als er Ende April blühte, kam noch einmal der Frost in der Nacht und die filigranen Blüten erfroren. Aber einige Nachzügler, die sich Zeit gelassen hatten mit dem Wachsen, waren davon nicht betroffen und so hing jetzt dank der fleißigen Bienen doch die eine oder andere Birne an dem Baum. Er hatte ihnen Namen gegeben, denn er hing sehr an seinen Kindern. Er liebte alle gleichermaßen, aber die kleine Birne, die so gar nicht wachsen wollte, obwohl er ihr viele Nährstoffe zukommen ließ, liebte er besonders.

Emilia ahnte davon nichts, sie freute sich über jeden Tag, der ins Land zog. Die Sonne wärmte sie, der Regen befreite sie von Staub und Schmutz und der Wind erzählte ihr sein Lied. Sie verstand sich mit ihren Geschwistern, auch wenn diese schon um einiges größer waren als sie. Gut, mit Marina hatte sie schon öfter Streit gehabt, aber dafür hatte sie mit Felicitas, die neben ihr hing, eine enge Freundin gefunden. Und so zogen die Tage ins Land, der Sommer war schon wieder Geschichte, es war bereits Oktober geworden.

„Aua", rief Romina, die an einem Ast nicht weit entfernt von Emilia hing. „Nein, nicht, hört auf!", rief sie panisch, aber da war es schon passiert – sie konnte sich nicht mehr halten und fiel auf den Boden.

Emilia erschrak, als sie die Kinder, die unter dem Baum standen, sah. Sie warfen mit allem, was ihnen in die Hände fiel, auf die Birnen, die saftig und prall an den Ästen hingen. Und schon fiel auch Viola hinunter und lag laut jammernd auf dem Boden. Die kleine Birne, die auch in den letzten Wochen kaum gewachsen war, schaute schockiert zu, wie die Kinder die hinuntergefallenen Birnen auflasen und hineinbissen.

„Lecker", sagte ein Junge, „kommt, wir versuchen, noch mehr Birnen herunterzuschlagen." Die anderen Kinder ließen sich das nicht zweimal sagen und schon waren sie wieder mit Feuereifer bei der Arbeit. Sie waren so vertieft in ihr Tun, dass sie den Bauern, der mit seinem Traktor angefahren kam, nicht bemerkten.

„Saubande, elende, macht, dass ihr verschwindet", rief dieser laut, als er bei dem Baum angekommen war. Erschrocken drehten sich die Kinder um, ließen alles, was sie in den Händen hielten, fallen und rannten, so schnell sie konnten, davon.

„Wehe, ihr lasst euch noch einmal hier blicken!", rief ihnen der Bauer hinterher. Er sah zu den Birnen, die noch am Baum hingen, hinauf. Vielleicht sollte er sie doch gleich morgen ernten, sicher war sicher. Er nickte, gab Gas und fuhr davon.

Emilia war immer noch schockiert von dem, was geschehen war. Romana und Viola, ihre Schwestern, sie waren weg. Von jetzt auf gleich. Sie war todtraurig, nicht mal die Sonnenstrahlen, die sie wärmten, konnten sie trösten. Was, wenn die Kinder wiederkommen würden? Emilia zitterte und sie war froh, als die Nacht kam, in der sie sich sicher fühlte, weil niemand sie sehen konnte.

Einige Tage später änderte sich dann alles. Noch hingen alle Birnen am Baum – der Bauer hatte noch keine Zeit gefunden, um sie zu ernten –, aber am Horizont ballten sich dunkle Wolken zusammen. Der Wind wurde stärker, die ersten der bunten Blätter lösten sich von den Ästen und wirbelten über das Land. Der Himmel wurde schwarz, es begann stark zu regnen und der Wind rüttelte und schüttelte den Birnbaum. Die ersten Früchte konnten sich nicht mehr halten und fielen hinunter.

Auch Emilia hatte zu kämpfen, sie klammerte sich mit aller Kraft an ihren Ast. Doch letztendlich musste auch sie loslassen und landete auf dem Boden. Sie kullerte noch ein wenig über die Wiese, doch dann fand ihre unfreiwillige Reise an einem kleinen Stein ein Ende. Mit offenen Augen lag sie da und fragte sich, wie es jetzt weitergehen würde. Um sie herum lagen ihre Geschwister, einige hatten beim Sturz Verletzungen davongetragen, sie war aber zum Glück heil geblieben. Der Regen prasselte auf sie herab, es war kalt und sie wünschte sich die warmen sonnigen Tage des Sommers zurück.

„Schau mal, da liegt ja auch eine Birne. Und sie ist klein, die kann ich bestimmt tragen."

„Bist du sicher? Nicht, dass du dir die Zähne an ihr ausbeißt."

„Werde ich schon nicht."

Emilia holte erschrocken Luft, als sie den Schmerz verspürte. Wie Nadeln waren die spitzen Nagezähne durch ihre Schale gedrungen. Dann wurde sie hochgehoben und schwebte über dem Boden dahin. Sie sah Grashalme vorüberziehen, sah aus den Augenwinkeln einige ihrer Schwestern auf dem Boden liegen, dann wurde die Wiese von einer Straße abgelöst, wohin nur würde diese Reise sie führen?

Die Maus ließ die Birne fallen und atmete heftig. Die Frucht, so klein sie auch war, war doch ziemlich schwer für so einen kleinen Körper. „Ich brauche mal eine kleine Pause", japste der Nager.

„Habe ich mir doch gleich gedacht, dass du dich übernimmst."

„Ja, ja, ja, du hast recht und ich meine Ruhe. Wie wäre es denn, wenn du statt herumzumeckern die Birne mal eine Weile tragen würdest?"

„Ich? Garantiert nicht, schließlich war es deine Idee, eine ganze Birne in unser Nest zu bringen. Ich hätte mich auch mit einem großen Stück davon zufriedengegeben. Aber nein, du musstest ja ..."

Lautes Hundegebell unterbrach das Gemotze der Maus und blitzschnell liefen die beiden in das nahe gelegene Gebüsch, durchquerten es und flitzten in ihr Nest auf der dahinterliegenden Wiese. Die Birne hatten sie völlig vergessen, sie kamen auch später nicht wieder, um sie zu holen.

Emilia indes wusste nicht, wo sie war. Sie war allein irgendwo in der Fremde und sie hatte Angst. Doch sie konnte nichts tun, außer auf ihr Glück zu vertrauen und abzuwarten, was passierte. So lag sie mehrere Stunden auf der Straße, die Nacht kam und wurde vom Morgen abgelöst. Ein junger Mann, eigentlich noch ein Teenager, kam herangeschlendert. Er schaute auf sein Smartphone und nicht auf den vor ihm liegenden Weg. Er kickte die kleine Birne mit der Schuhspitze in den neben der Straße liegenden Graben und bemerkte es nicht einmal.

Emilia lag auf dem Grund des Grabens, weich gebettet auf dem zahlreichen Laub, das der Wind dort bereits hineingeweht hatte. Über ihr spannte sich der blaue Himmel, über den weiße Schäfchenwolken zogen. Sie schaute sich um und sah einen Apfel nicht weit von sich liegen.

Geschockt hielt die kleine Birne den Atem an, denn von seiner ursprünglichen Schönheit, den rot-gelb-grünen Farben seiner Schale, war nichts mehr zu erkennen, sie war braun und schrumpelig geworden. „Hallo", sagte sie mit zaghafter Stimme.

„Hallo zurück", keuchte der Apfel. „Entschuldige, wenn ich nicht so viel spreche, aber mir geht es nicht so gut."

„Das tut mir leid", antwortete Emilia. „Kann ich etwas für dich tun?"

„Nein, meine Zeit hier auf der Erde neigt sich dem Ende zu. Aber das ist in Ordnung, das ist der Lauf der Dinge. Wir werden entweder gegessen oder kehren auf dem Weg, den ich jetzt gehe, zu Mutter Erde zurück. So bekommt sie die Nährstoffe, mit denen sie uns hat gedeihen lassen, zurück, um dann im nächsten Frühjahr eine weitere Generation von Äpfeln wachsen zu lassen."

„Wird es mir auch so ergehen?", fragte Emilia ängstlich.

„Ja, der Weg von uns ist vom Schicksal vorbestimmt. Aber der Übergang ist nicht schlimm, er tut nicht weh. Du wirst einfach immer müder und schläfst schließlich ein."

Emilia wartete, doch der Apfel war verstummt. Vielleicht war dieser Weg ja der bessere, denn wer möchte schon gegessen werden. Die kleine Birne atmete tief ein und schloss die Augen.

Ingrid Hägele, *Jahrgang 1961, ist Single und wohnt in Stuttgart, wo sie auch geboren wurde. Sie ist Rentnerin und schreibt mit Unterbrechungen seit Jugendtagen. Frau Hägele in allen Genres zu Hause, ihre bevorzugten Themen sind aber Indianer und Pferde. Viele ihrer Kurzgeschichten wurden bereits in verschiedenen Anthologien veröffentlicht.*

Gaumenkitzel

Die Frühlingssonne am blauen Firmament lacht,
hüllt in goldenen Schein des Birnbaumes Pracht,
ein Spitzengewand seine Krone verziert
– solche Modenschau in jedem Frühling passiert –
an den Zweigen prangen Blüten ohne Zahl,
ein baldiges Verblühen ist ihr Schicksal,
doch aus mancher Blüte reift ne Birne heran
– eines der vielen Wunder, die Gott ersann –
saftig und süß mit sämiger Konsistenz,
Feinschmecker lobpreisen der Birnen Existenz,
genießen Fruchtfleisch in Variationen

– Rezepte ausprobieren, wird sich lohnen –
aber auch Vögel schätzen köstliches Fruchtfleisch,
nicht zu überhören ihr Freudengekreisch!

Ingrid Baumgart-Fütterer

Das Liebesorakel

Die untergehende Sonne malte einen glitzernden Schimmer auf das Mittelmeer vor den Inseln Äginas. Die Fischer waren schon längst in die Tavernen eingekehrt und die Familien mit ihren Kindern erzählten sich Geschichten von Jason und seinen Reisen auf hoher See. So mancher sah sich eine tragische Komödie im Theater an oder betete zu den Göttern. Alexandra und die anderen Priesterinnen im Apollon-Tempel aber dachten noch gar nicht an ihre normalen Abendrituale. In dieser lauen Nacht im April, der Vollmondnacht, war es wie jedes Jahr Zeit, dass die Priesterinnen und sie das Liebesorakel befragten.

Vorsichtig schnürten sie ihre Sandalen zu und machten sich in ihren mit goldbestickten Gewändern zu einem besitzerlosen Fischerboot auf. Mit vereinten Kräften ruderten sie gen Sonnenuntergang mit dem Ziel, die Insel Moni zu erreichen. Es war das erste Mal, dass Alexandra an diesem Ritual teilnehmen durfte. Anders als ihre Freundin Calypso war sie erst vor Kurzem eine Priesterin des Apollon geworden.

Als sie die felsige Küste der Insel Moni erreichten, stand der Mond schon fast an seinem höchsten Punkt. Die Priesterinnen mussten sich beeilen. Der lange steinige Weg zum höchsten Punkt der Insel begann.

„Hoch oben steht ein alter Birnenbaum", erzählte die älteste der Priesterinnen, „der Birnenbaum ist hochgewachsen und mit großen Ästen und vielen Zweigen beschenkt worden. Die Birne gleicht der Aphrodite und so ist es unsere Aufgabe als Priesterinnen des Apollon, das Liebesorakel zu befragen."

Apollon war nicht nur der Gott der Weissagung, sondern auch der Künste, das wusste Alexandra, doch von einer Verbindung zur Aphrodite hatte sie noch nie gehört. Keine der Geschichten ihrer Eltern über Götter und Helden hatten jemals Aphrodite und Apollon in Zusammenarbeit erwähnt.

Am höchsten Punkt der Insel angekommen, stand tatsächlich der riesige Birnenbaum, von dem die Älteste gesprochen hatte. Die Priesterinnen stellten sich in einem Halbkreis um den Baum herum auf und beugten sich leicht zu ihren Füßen herab. Calypso zog ihr Gewand etwas höher, sodass die goldenen Verzierungen nun auf ihrem gebräunten Schienbein lagen, und machte sich an dem Verschluss ihrer Sandale zu schaffen.

Alexandra war darüber sehr verwirrt und bemerkte aber, dass es die anderen Priesterinnen genauso taten. Also zog auch Alexandra ihre Sandalen aus, auch wenn sie noch immer nicht wusste, was das sollte. Die steinige Oberfläche schmerzte an ihren empfindlichen Fußsohlen, doch die Aufregung in ihr war stärker als der Schmerz an ihren Füßen.

Die Älteste trat in die Mitte der Priesterinnen und reckte mit den Sandalen in ihrer Hand die Hände in den Himmel. Fast zeitgleich befand sich der helle Vollmond an seinem höchsten Punkt.

„Heute Nacht ist wie jedes Jahr die Macht von Apollon und Aphrodite vereint", sie rief so laut, dass die jüngeren Priesterinnen verstummten. „Gemeinsam werden sie uns sagen, ob wir im nächsten Jahr die große Liebe finden werden." Sie warf ihren rechten und dann den linken Schuh auf den Birnbaum.

Aufgeregt taten es ihr die jüngeren Mädchen nach. Einige quiekten ganz aufgeregt, als der Birnbaum ihren Schuh festhielt, und jubelten vor Glück, im kommenden Jahr die wahre Liebe zu finden. Andere wiederum schmollten und suchten sich Trost bei der Ältesten. Alexandra fragte sich, ob die Älteste die großen Äste absichtlich verfehlte, weil sie weiter für die jungen Priesterinnen da sein wollte. Doch den Gedanken konnte sie nicht weiter ausführen, denn sie war nun an der Reihe vorzutreten und das Liebesorakel zu befragen. Bedacht warf sie zuerst den rechten und dann den linken Schuh, so wie sie es bei den anderen gesehen hatte. Der erste Schuh hielt sich wackelig an einem Zweig nah am Boden. Ihr zweiter Schuh landete irgendwo im Geäst des Baums. Die Blätter raschelten und plötzlich fiel etwas in Alexandras Hände. Eine Birne mit grüner Haut und braunen Flecken. Sie sah köstlich aus und doch wusste sie nicht, was das zu bedeuten hatte.

Die Priesterinnen stürmten auf sie zu und umarmten sie freudig. Noch immer wusste Alexandra nicht, was das zu bedeuten hatte.

Hatte sie nicht nur ihren Schuh zu hoch in den Baum geworfen? Wie würde sie ihn zurückbekommen?

Da nahm die Älteste die Hand, in der die Birne lag und hob sie in Richtung Mond. „Alexandra, du wirst nicht nur an deinem Liebsten hängen bleiben, wie deine Sandalen an den Ästen des Birnbaums hängen blieben, nein, auch wird dein Liebster dir in die Hände fallen und dich reich beschenken!", erklärte die Älteste. „Du wirst wachsen und dich weiterentwickeln und wer weiß, vielleicht wächst auch ein Geschenk in dir. Du wurdest mit dem Symbol der Fruchtbarkeit gesegnet!" Die Älteste jubelte weiter und auch die anderen Priesterinnen freuten sich mit ihr.

Auf ihrem Rückweg nahmen sie ihre Sandalen nicht wieder mit zurück. Auf nackten Sohlen zogen sie über den steinigen Boden, in Richtung Boot. Auf dem kleinen Fischerboot erklärte ihr die Älteste, dass sie die Birne essen, aber unter keinen Umständen das Gehäuse fortwerfen solle. Stattdessen solle Alexandra dieses Geschenk trocknen und eingraben, wenn ihr Liebster ihr ein Kind geschenkt hatte. Der Baum würde wachsen, wie das Kind wachsen würde, stark und gesund. So biss Alexandra in die grüne Birne hinein. Der süße Saft rann ihr über die Finger, und als sie so dasaß und dieses köstliche Geschenk verspeiste, fragte sie sich, ob das alles wahr sein konnte. Doch was sie wahrhaft wusste, war, dass noch nie eine Birne süßer geschmeckt hatte.

Johanna Buchholz *wurde 2001 in Stendal geboren. Sie schreibt und liest für ihr Leben gern. Seit September 2021 studiert sie in Hannover. Im Jahr 2023 veröffentlichte sie ihr erstes Buch „Eine andere Traumnovelle" und ihre erste Kurzgeschichte „Sternenlicht in jener Nacht" 2024 in der Anthologie „Damals ... in Bethlehem".*

Hoffnung

Ein Birnbaum, kahl und alterskrumm,
steht einsam in der Feldflur rum.

Den Feldweg, den er einst geziert,
hat man zu Ackerland planiert.

Er ist der letzte seiner Rasse,
die einst geziert die Ackertsraße.

Ein Grenzstein, den man schlicht vergaß,
hält abseits Wache unter Gras.

Die beiden sind Zeugen vergangener Zeiten.
Und stehen jetzt inmitten von Weiten.

Nun wurzelt der Birnbaum mit grauem Haupt
im Winterwind und unbelaubt.

Da ihm jedoch noch Knospen sprießen,
darf man auf Optimismus schließen.

So wünscht er sich für sein Geäst
noch manches neue Vogelnest.

Auch ich wünsch ihm noch gute Tage.
Viel süße Frucht ... und Wespenplage.

Hartmut Gelhaar, *Jahrgang 1948, Rentner, lebt in Wernigerode. Hat bereits in mehreren Anthologien veröffentlicht. Eigene E-Buch Publikationen, eigener Podcast unter YouTube: „Lyrik für die Ohren".*

Die kleine Birne sucht Abenteuer

Die Familie Gross ist in der Landwirtschaft tätig. Auf ihrem Hof leben nebst den Eltern, drei Kindern und zwei großen Hunden auch einige Kühe, ein Stier, Schafe, Schweine und Hühner. Im Stall hat sich eine große Mäusefamilie eingenistet. Die Eltern wissen nichts davon, die Kinder bewahren dieses Geheimnis untereinander. Alle drei lieben Tiere. Vor allem das jüngste Kind, ein aufgewecktes achtjähriges Mädchen, vertreibt sich gerne die Zeit nach der Schule damit, die vielen Kleintiere zu besuchen, die in den Wiesen und auf den Bäumen wohnen. Vögel, Käfer, Raupen, Würmer und Spinnen mag das Mädchen besonders gerne beobachten.

Auch die kleine Birne, die an einem der unteren Äste des riesigen Birnbaums in der Nähe des Hauses hängt, schaut sich gerne das geschäftige Treiben der Tiere an. Es ist noch nicht lange her, dass aus einer schönen zarten Blüte die kleine Birne entstanden ist. Das Wunder dieser Verwandlung hatte sie ungeduldig herbeigesehnt, als sie sah, wie die ersten Birnen am Baum zu wachsen begannen. Sie freut sich unendlich, keine vom Wind zerzauste Blüte mehr zu sein, sondern eine starke, von einer leicht wächsernen Haut geschützte Frucht. Sie mag sich sehr ihre feine, leicht gesprenkelte Haut, die sie zusammenhält und wärmt, ihren Körper, der stark und doch angenehm weich ist, und die festen Kerne, um die sich ein Gehäuse wie eine schützende Wohnung schmiegt. Wenn die kleine Birne sich bewegt, hüpfen die Kerne in ihrem Inneren lustig und machen Musik. Über einen Stiel ist sie fest mit dem Baum verbunden.

Die kleine Birne wohnt gerne im Baum mit den anderen Birnen, doch manchmal beschleicht sie ein Gefühl der Unzufriedenheit. Sie weiß lange nicht, warum das so ist, und schaukelt in solchen Momenten nachdenklich an ihrem Stiel hin und her, bis die anderen Birnen ihr raten, damit aufzuhören. Nicht auszudenken, was passieren würde, wenn der Stiel abbräche!

Als eine der Birnen sie wieder warnt, weiß die kleine Birne, was mit ihr los ist: Sie wünscht sich, die Welt jenseits des Birnbaumes zu entdecken. Sie möchte zu gerne auch einmal den Himmel sehen, von dem die Birnen weiter oben im Geäst so freudig erzählen. Unter dem dichten Blätterdach über ihr kann sie ihn nicht sehen. Nur einmal, als ein Sturm heftig am Baum rüttelte, wurde sie vom Wind hochgehoben und segelte auf ihm wie ein Blatt, was sie herrlich fand. Sie sah da auch den Himmel, erschrak jedoch, weil er so schwarz und bedrohlich wirkte. Doch bald nach dem Unwetter schwärmten die anderen Birnen wieder vom strahlenden Himmel und wie selig sie sich bei seinem Anblick fühlten.

„Das will ich unbedingt auch erleben", denkt sich die kleine Birne. Ihre Sehnsucht steigert sich von Tag zu Tag.

Doch zunächst geschehen die Abenteuer der kleinen Birne nur in ihren Träumen. So oft sie davon spricht, reagieren die anderen Birnen entsetzt und versuchen, ihr diese Idee auszureden. Die kleine Birne fügt sich lange, doch als die anderen Birnen an einem besonders schönen Tag wieder vom hellen, strahlenden Blau des Himmels schwärmen, beginnt sie sich im Wind zu schaukeln, auf und ab. Sie hofft, so hoch zu kommen, dass sie den Himmel sehen kann. Von diesem Gedanken ermutigt verstärkt sie ihr Schaukeln. Bald schwingt sie übermütig an ihrem Stiel hin und her. Da passiert es: Der Stiel bricht ab und die kleine Birne plumpst zu Boden. Ihren Sturz dämpft das weiche Gras unter dem Baum, sodass sie ohne Verletzung unten ankommt.

Nach einem Moment der Überraschung und des Schreckens blickt sie sich neugierig um. Doch sie sieht nicht viel, weil die Grashalme einen großen Teil der Aussicht verdecken. Das scheint kein guter Start für ein Abenteuer zu sein. Sie seufzt tief. Da fühlt sie ein Kitzeln auf der Haut und muss lachen. Ein schillernder Käfer versucht neugierig, auf sie hinauf zu klettern. Das Gefühl ist ungewohnt, doch durchaus angenehm. Die kleine Birne freut sich über diesen Willkommensbesuch. Doch der Käfer verliert schnell sein Interesse, weil er immer wieder auf der prallen Birnenhaut abgleitet. Er verschwindet wieder im Gras. Eine Weile danach berührt etwas Kühles die kleine Birne, sodass sie ein wenig schaudert. Ein kleiner Regenwurm gleitet an ihr vorbei, ohne sie zu beachten. Dann geschieht lange nichts, nur die Grashalme nicken ab und zu träge im Wind. Die kleine Birne beginnt sich zu langweilen.

Sie bemerkt erst, dass das Wetter sich geändert hat, als schwere Tropfen auf sie niederfallen. Sie kennt den Regen, doch am Baum unter dem schützenden Laub war die Berührung der Tropfen wie ein Streicheln. Als sich jetzt die Wolken ruckartig von ihrer schweren Nässe befreien, schlägt der Regen hart auf die ungeschützte Birne. Es tut fürchterlich weh. Zu ihrem Glück ist der Wolkenbruch rasch vorbei. Die kleine Birne schüttelt energisch die letzten Tropfen ab und spürt bald wieder die wärmenden Strahlen der Sonne auf der Haut. Nicht lange danach verschwindet die Sonne und die Nacht bricht an. Das immer noch feuchte, kalte Gras klebt an der kleinen Birne. Es fühlt sich sehr ungemütlich an. Zudem beginnt sie sich zu fürchten, da sie in der Dunkelheit Geräusche und Stimmen hört, die sie nicht kennt. Doch dann nimmt sie ihren ganzen Mut zusammen und vertraut darauf, dass sie die Nacht heil überstehen wird.

Am nächsten Morgen sind die Schrecken der Nacht vergessen und die kleine Birne freut sich über den neuen Tag. Als sie gerade überlegt, welche Abenteuer auf sie warten, wird sie mit Schwung hochgehoben, sodass ihr ganz schwindlig wird. Dann wird sie abgesetzt und neugierig angeschaut. Das Bauernmädchen ist bei Tagesanbruch zum Birnbaum gelaufen, um nach dem Vogelpaar Ausschau zu halten, das seit einigen Tagen dort sein Nest baut. Dabei ist es beinahe auf die Birne getreten und hat nach ihr gegriffen. Eingehend betrachtet das Mädchen die kleine Birne, schließt dann ihre Hand um sie und eilt zurück zum Haus, um seinen Fund zu zeigen.

Am Nachmittag sitzt die Birne auf dem Gartentisch in der Sonne, davor das Mädchen mit einer riesigen Farbstiftschachtel und einem großen weißen Blatt Papier. Es hat sich entschieden, die Birne zu malen, um das Bild der Mutter zum Geschenk zu machen. Die kleine Birne freut sich über so viel Aufmerksamkeit und findet die Aussicht vom Tisch aus herrlich. Da ist so viel, über das es zu staunen gilt. Wie anders und aufregend ist die Welt hier. Der Wunsch der kleinen Birne hat sich erfüllt. Sie ist glücklich.

Manuela Klemenz arbeitet seit einigen Jahren in der Administration einer Schweizer Hochschule und nähert sich mit großen Schritten der 60. Wieder angefangen mit dem Schreiben, vor allem Kurzgeschichten und Gedichten, hat sie vor gut sechs Jahren. Ihre Hobbys findet sie im handwerklichen Bereich.

Ode an die Birne

Wie süß und köstlich steigt dein Duft,
schwebend liebreich, durch die Luft;
erwärmt das Herz, auch das Gemüt;
oh Birne fein, zum stärkend Mahle,
welch kostbar Geheimnis wohl behüt',
unter deiner rauen Schale;
körnig süß zergeht dein Fleisch,

gleich einem Streicheln auf der Zunge,
edel samtig-gelblich weiß.
Welch Freud' ist uns erklungen!
Birnenzier in Ehr besungen.
Welch Pracht des edlen Birnenbaumes!
Schmackhafte Freude des Gaumens!
Schlaraffenland des Kindestraumes,
wohl versteckt und zugedeckt
und doch dicht behangen
in formvollendeter Frucht,
ist der kräftige Baum,
verströmend lieblichen Duft.

Rötliche Wangen
auf gelbgrünlich Kleide,
lächeln uns freundlich grüßend zu,
im schimmernden Lichte der Sonne,
inmitten grün beblätterter Zweige.
Welch Augenweide!
Herzenswonne!
Mit beiden Händen zuzulangen
und saft'ge, süße Birnen zu erhaschen,
wegzunaschen,
frisch vom Baum,
füllend den Bauch
und auch
die Taschen;
ein Gedicht!
Ein wahrer Traum!

Bianca Maria Edel, geboren in Bayern. Große Freude an Gedichten ab dem Kindergarten. Schreiben eigener Texte ab Kinder-und Jugendalter bis zum heutigen Tag.

Ein Buch geht um die Welt

Eine internationale Initiative von Papierfresserchens MTM-Verlag

Kinder auf der ganzen Welt vernetzen, sie zum Schreiben animieren und ihnen die Möglichkeit bieten, über ihr Leben, ihre Träume und Wünsche zu schreiben, das möchte die internationale Initiative „Ein Buch geht um die Welt" von Papierfresserchens MTM-Verlag erreichen.

Der Buchverlag mit Sitz am Bodensee in Deutschland hat aus diesem Grund Schreibwettbewerbe zu verschiedenen Themen ins Leben gerufen, an denen sich Mädchen und Jungen im Alter zwischen 6 und 14 Jahren aus aller Welt mit ihren ganz kleinen oder auch umfangreicheren Märchen und Erzählungen, Gedichten, Haikus oder Erlebnisberichten beteiligen können. Auch Illustrationen dürfen eingereicht werden. An dem Buch mitwirken können zum einen Kinder, deren Muttersprache Deutsch ist. Aber es haben sich in den zurückliegenden Jahren auch immer wieder junge Autorinnen und Autoren an den Schreibwettbewerben des Verlags beteiligt, die Deutsch als Fremdsprache erlernen. Weltweit und über alle Kontinente wurden Schulen deshalb zu dieser Initiative eingeladen.

„Uns ist es wichtig", so Verlegerin Martina Meier, „dass die Kinder Spaß am Schreiben haben. Und wir wissen, dass viele unendlich stolz sind, wenn sie ihren Text in einem gedruckten Buch finden."

Einsendeschluss für die Wettbewerbe ist jeweils am **15. März** und am **1. November** eines jeden Jahres. Es werden bei den einzelnen Projekten immer ganz unterschiedliche Themen in den Mittelpunkt gerückt. Umfangreiche Informationen zu allen Projekten finden Interessierten unter

www.papierfresserchen.de

– Anzeige –

Ferienwohnung Drachennest
Feldkirch / Österreich

Ländlich idyllisch und dennoch stadtnah zentral in Feldkirch-Tosters gelegen, nur einen Steinwurf entfernt von der Schweizer und Liechtensteiner Grenze, finden Sie unsere Ferienwohnung Drachennest, den idealen Rückzugsort vom Alltag. Genießen Sie unsere wunderschöne Ferienregion Vorarlberg in Österreich abseits der Hektik der großen Touristikgebiete.

Brechen Sie zu einmaligen Wanderungen und Radtouren auf – entlang des Rheins zum Bodensee oder entlang der Ill mitten hinein in die Berglandschaft des Ländles. Gut ausgebaute Radwege ermöglichen ein stressfreies Radeln, auch für wenig trainierte Radfahrer, da es auf diesen Wegen nur sehr leichte Steigungen gibt.

Starten Sie die schönsten Motorradtouren in die Alpen direkt vor unserer Haustür. Gerne geben wir Ihnen Tipps für tolle Tagestouren, da wir selbst begeisterte Motorradfahrer sind. Skifahren? Kein Problem? Erreichen Sie die schönsten Skigebiete Vorarlbergs bequem mit öffentlichen Verkehrsmitteln oder mit Ihrem eigenen Fahrzeug.

Gerne begrüßen wir Sie gemeinsam mit Ihrem Haustier in unserer schönen Ferienwohnung in Feldkirch-Tosters. Und sollten Sie an einem Buch schreiben, so stehen wir Ihnen auf Anfrage gerne hilfreich zur Seite.

Information und Buchung:

www.drachennest.at

– Anzeige –

Redaktions- und Literaturbüro - Pressearbeit seit 1989

Wir helfen Ihnen, Ihr Buchprojekt umzusetzen!

Kompetent und nach Ihren Wünschen

In den zurückliegenden Jahren haben wir für zahlreiche Autor*Innen sowie Institutionen, Schulen und Vereine private Buchprojekte umgesetzt, also Bücher, die nicht für den Buchhandel, sondern ausschließlich für den privaten Vertrieb oder Bedarf produziert wurden.

Wenn Sie Interesse haben, Ihre eigenen Geschichten einmal in einer Monografie zusammen gedruckt zu sehen – als Geschenk, für eine bestimmte Veranstaltung oder aber nur zur eigenen Freude, dann sprechen Sie uns an.

So können wir für Sie ein Taschenbuch mit bis zu 100 Seiten in schwarz-weiß mit einer Auflage ab 30 Exemplaren bearbeiten, layouten und drucken – der Preis pro Buch liegt bei 10,90 Euro (zzgl. Versandkosten). Preise für gebundene Bücher und Bücher mit mehr Seiten oder in Farbe auf Anfrage.

Unsere weiteren Literatur-Dienstleistung:
- Lektorat
- Buchsatz
- E-Book Erstellung
- Ghostwriting
- Mein Trauerbuch
- Biografiearbeit

Schreiben Sie uns!

cat@cat-creativ.at
CAT creativ - www.cat-creativ.at

Hat Ihnen das Buch gefallen? Dann würden wir uns über eine Rezension freuen: